鄉美散

◎李慧 著

陕西新华出版
太白文艺出版社·西安

图书在版编目（CIP）数据

乡关散 / 李慧著. -- 西安 : 太白文艺出版社,
2025. 1. -- ISBN 978-7-5513-2822-7
Ⅰ. I267
中国国家版本馆CIP数据核字第2024QB9240号

乡关散
XIANGGUAN SAN

作　　者　李　慧
责任编辑　张　笛　陈松涛
整体设计　建明文化
出版发行　太白文艺出版社
经　　销　新华书店
印　　刷　西安市建明工贸有限责任公司
开　　本　880mm × 1230mm　1/32
字　　数　162 千字
印　　张　9.5
版　　次　2025 年 1 月第 1 版
印　　次　2025 年 1 月第 1 次印刷
书　　号　ISBN 978-7-5513-2822-7
定　　价　58.00 元

如有印装质量问题，可寄出版社印制部调换
联系电话：029-81206800
出版社地址：西安市曲江新区登高路 1388 号（邮编：710061）
营销中心电话：029-87277748　029-87217872

CONTENTS

目 录

第一章 我行其野

第二章　黍稷薿薿

第三章　既见君子

第四章　高枕南山

第一章

我行其野

春天的集市

油菜花染黄了坡塬、沟畔的时候，麦苗正拔节起身，逼眼的金黄和养眼的青绿交错着在大地上绣起黄绿相间的绒毯，春天就在节节蹿高的麦苗清香里明朗起来，发散着初生婴儿般的新鲜柔嫩气息，惹人心摇意动。

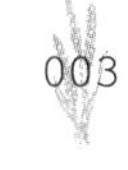

稍偏远一些的乡村集市，是春天天然的亮相台。逢着集，赶个大早，农民们在窄窄的一街两巷摆起临时的摊点来。芫荽、菠菜、蒜苗、韭菜，这些家常蔬菜被扎成小把，湿漉漉、绿油油的，带着仲春清晨的地气，些许深褐色潮湿的泥土，青翠舒展地躺在竹筐里。仅是看着，就仿佛置身太阳初升水汽迷蒙的阡陌田野，似乎晨雾正一缕缕拂过脸颊，清凉、柔软，口鼻里满是原野山林的清气，令人神清气爽。

家常的菜蔬因着春天生发，看上去格外肥嫩清润，透着新鲜的生机。开着金黄小花的菜薹、刚抽的蒜薹、卷曲秀气的白蒿、翠绿圆润的榆钱、浓紫的香椿，是这一季的时令菜，它们的美味让这个春天透着了无遗憾的畅快——也难怪，三五日不见，前几天还是乡野至味的菜薹、榆钱、香椿眨眼就老得芬芳不再，令人不敢尝试。

最喜在春天的乡村集市游荡，有着漫步于整个春日的满足。修长而直的韭菜，雪白肥短的根部披着薄薄的紫衣，映衬得碧绿韭叶如玉树临风的少年，透着清风明月般的舒爽干净。肥硕浑圆的紫皮蒜头，紫白相间的蒜皮犹如玉兰花瓣，新鲜的蒜衣吹弹可破、湿润柔韧。新蒜瓣鼓突着，一头原本圆鼓鼓的大蒜便这里凸起，那里凹着，这里冲撞一番，那里退让几步，仿佛内部起了冲突。菠菜自不必提，整个冬天贴在地上，仅仅几日工夫，就已脱胎成少女模样，窈窕修长，开枝散叶，得用麻绳系住方不碍手碍脚，以免影响秤的准星。蒜苗已有些老了，是蔬菜班里的高个头，紫白的根发得老长，顶着五六片对折的叶子，小树般精神。白蒿是有着消炎功效的中药，初春时节口味鲜美，成了混进蔬菜队伍里的“大夫”，原本羞答答卷曲着的浅绿叶丝上敷了粉一般，白得有些苍老，初生模样便颇为老成——也难怪，有着丰富经验的老中医就是这般模样，这样坐诊才更令人信服。而榆钱是蔬菜堆里的富户，即便是捋下来，也挤成一团铜钱的样

子，显示着雄厚“财力”，只是在铜钱本该四方中空的地方悄悄藏了种子，静待着春风一吹，大把的钱币就要用来赏赐田野的厚养。

还有一类蔬菜，原是预备着蒸煮煎炒端上餐桌的，问过才知道，人家是蔬菜苗子，只是临时挤进了蔬菜家族。

春分刚过，离点瓜种豆的清明节还有些日子，菜苗就已经悄然潜伏。带四五片紫红泛绿的叶片、根部包裹着湿润土球，这样的莴苣最容易成活，买几苗带回去，院子哪怕只有巴掌大，也能给它寻出个好地方来，一株株间隔着栽种下去，过几天一场透雨，一行行的莴苣就士兵般挺直了身子，让阔长的叶子在春风里展一展。

喜欢吃辣椒又嘴急的秦人，在这样的集市上，是情愿带些辣椒苗回去的，随意在地角屋头找块空隙，栽几株辣椒苗，用白塑料布捂几日，不到七月，就能在枝繁叶茂的辣椒枝干里，踅摸着掐一把小蛇般细长油绿的辣椒，清炒了，辣嘴爽胃过瘾。

集市上往往还夹杂着其他售卖。比如，排列成中药铺格子般的调料摊，也是让人忍不住停脚的地方。卷成树皮样儿的桂皮，形状对称、每瓣都嵌着玛瑙般籽粒的八角，绿莹莹大麦粒般的小茴香，干树叶一样的香叶，深褐色橄榄核般的草果等，盛在一格格的木屉里，各自散发着浓烈、辛香的气息，仅是闻一闻脾胃里就开始动荡起来，使人联想起饭菜里各色调料的味道，不由得食欲涌动。

这样的摊子旁，往往还有一架电动粉碎机，买主根据喜好称好了各色大料，搁进这个响动很大的机器里磨碎。机器上面一个桶状的入料口，上大下小，中间包裹了铁皮的地方是粉碎机，调料一倒进去，这个粉碎机就发出硬物撞击刀口的刺耳咔嚓声。机器最底部放置一个搪瓷盆或不锈钢盆，盛接磨碎的调料粉末。反复磨过几遍，拿专用的细箩筛一筛，颗粒大些的再放进机器里磨碎，和之前磨好的那一堆粉末倒在一起，包在专用的纸包里，回家随取随用。前些年，打好的调料一般都用报纸包着，这几年人们讲究起来，嫌报纸的油墨不卫生，改用麻纸或者塑料袋。我更喜欢临近年关时，父亲跟集带回来的用报纸包着的调料。燷过年肉臊子的时候，母亲从麻绳系着的旧报纸上抠个小洞——麻绳并不解，撮起两个指头捏一点点放进咕嘟嘟才开始冒香气的肉锅里。等肉燷熟了，夹进软而暄的大白馍里格外香。

竹制品也出现在集市上。猫了一整冬，灵秀的南方人会利用冬闲做些竹筛子、竹筐箩、竹编筐，精致细密的竹篾子编制的家具有着可人秀气的模样，还结实耐用，用来盛放刚出锅的热馒头热包子，透气不粘底儿——竹篾之间的孔隙刚好散热。摆了一桌子的各色竹筐一时让人花了眼，看这个也好，那个也细致，一个个拿起来仔细端详，舍不得放下。拿不定主意挑哪个，旁边穿花袄的大嫂，把红膛膛的脸颊凑过来，热心地说：“拿这个，你看底儿是竹子皮编的，结实！”果然，翻过竹笸箩一看，浅绿色的竹皮均匀细密地布满箩底，连圈口上也收满了一圈绿，煞是好看。正欲道谢，一抬头，刚才还挤在身旁的大嫂已不知去向——集市上人流慢慢多起来了，颇有些挤肩挨背的意思。

日头已快到正头顶，拎着集市上采购的蒜头、苜蓿、白蒿、竹笸箩，满足地挤在穿红着绿的人群里往家走去。

想到即将春满餐桌，连步子也轻快起来。

2022 年 3 月 26 日

风过嶒上

困在两点一线的生活里，进山成了出逃的唯一出口。

看到一个峪口便拐进去，带着一去不复还的决心，要和背后的世界一刀两断——人世实苦，脚下的油门给这份决心吹响鼓角。

村镇越来越稀疏，大段的水泥路被碧绿遮蔽，耳朵里就有了微微的压迫感。行车到无路可走，干脆就地停住，在这山脚下偷得浮生半日闲。这地方有个很别致的名字——嶒上，是一处沿着蜿蜒山路往南上行的所在，架在半山腰，有着高不可攀的孤傲。这几年时常爱钻山，戏称自己上辈子肯定是山林守护员，或者干脆就是一头山兽，只有在山野当中才踏实。在这样的不疲往返中，意外发现了一些人迹稀少的幽僻净地。这些地方，往往有着三两户人家，四周山林茂盛，山民面目安详知足，少见山外人脸上办不完事情般的焦虑着急。

人是走虫，奔波是走，进山是另一种走。这样的行走，有着抖落一身尘世浸染的意味。久在城市，人如漂萍，总有无根无基之感，只有双脚踩在或松软或坚实的黄土地上，听一听山林里的鸟叫虫鸣，心底里才枝蔓出根须来。那根须妥帖地舒展开来，顺着心意向着土地的方向扎下去，一直到清凉的地气包围周身，一直到心底的那些烦闷浮躁一一化去。等吹够了山风，耳畔满是山野之声，下山去，尘世的苦也就没那么苦了。

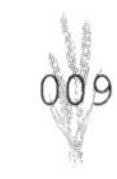

曾在这处近山之地看过满天繁星，也在路旁农舍帮着山民收拢又黑又小的核桃，眼见着蜂农追赶着满山槐花寻找蜜源，山的四季就在这星斗变化、山民劳作中转换着腔调。这样的转换，总让人对山百看不厌，一次次生发出内心的安定和平静。这次来，是在初夏，山外已有些燠热，烦躁的心绪急需浸泡在山野之中。

窄窄的水泥路从茂盛的灌木丛中蜿蜒而出，像电视剧里的插播广告。满山的核桃树结了绿油油的果，鸟雀和虫子的鸣唱织成声音的舞台——尽管听众只有我，可歌手们依旧演出卖力。

时间在山外意味着忙碌，在山里却凝结在腐朽的房舍上、山体滑坡的痕迹里，也在竹林深处的幽潭里，还在仅有的两户人家中一户新近盖起的木凉棚里。

六年前初来的时候，高处的那家经营着简单的山家饭食，三五个人的饭做起来食材也有些紧张，基本上是有啥吃啥，后来生意越来越红火，来晚了还是有啥吃啥。低处的这家不知是不是受了邻家生意红火的诱惑，也在十几天前架棚立柱，开起了农家乐。他家仅一间大房，内里隔成几间用途不同的小屋，门前屋后有着阔大平坦的地坪，于是常在他家停车。得照顾下新开的农家乐主人情绪，于是点一盘野菜、一盘浆水菜算作停车费。女主人端菜的时候说："光吃菜太口寡，给你炕几片馍。"端上来，才知馍就是锅盔。

绿色的野菜叫"臭老汉"。说起这个菜名，女主人憨然一笑，说当地人就这个叫法，这种野菜坡上多的是，长得像荏菡菜，但是臭不可闻。"老汉"在关中人嘴里，一指年纪大的男性，二指自家男人。野菜命名为"老汉"，还冠以"臭"字，多少有些嬉笑嗔怪，可见男人们在女人心里的大致位置。

山里凉，裙装在山外刚好，进了山就有些寒意。好在茶热，女主人的笑脸更热。吹着山风，锅盔就着野菜，是另外一番简朴平淡，想要逃离的心在这一刻得到舒展，仿佛山风拂过心田。结账的时候，女主人算了两盘菜钱，说馍不算。

回到桌边，四周渐渐暗下来，白天的凉爽这时候成了微微的寒。草木葱茏里，虫子歌手愈发卖力。眼前，一只长腿蜘蛛灰扑扑地吊在看不见的蛛丝上，也悬在虚空里，来去自由，犹如武林高手的凌波微步。它吊着自带的“威亚”，在我眼前炫耀着武艺，让我眼热不已。

一轮圆月从屋边竹林尖上升起来，四周渐次安静。主人一家围坐在堂屋前摘菜，不到一岁的小孙子在摇篮里咿呀自话。想起一句话，道心如恒，无送无迎。这或许就是我喜爱这里的主要原因吧。

2022 年 6 月 7 日

路边烟火

正是下班的时候。

秋阳还热烈地挂在西天，东西向的汽车、摩托车、电瓶车沿着各自的车道对向流动，平日里宽阔的马路显得拥挤起来，也让这个两地交界的拐弯处异常热闹。往东，去往武功；往西，到达杨凌。在这两个地方上班的人们，现在正沿着与工作地相反的方向，急匆匆往家的方向赶路。

路南一字排开的卡车、三轮车上，充电喇叭的叫卖声和路上的鸣笛声、轮胎滑过地面的沙沙声混杂在一起，这一片临时市场也就临时繁华而异常热闹起来。卖色黄个大的秋梨、黄桃的，卖陕北土豆的，都是在卡车车斗里做生意，电喇叭也就格外卖力："又酥又甜的大黄梨，十块钱三斤！""陕北的新鲜洋芋，一斤一块钱！""大黄桃，新鲜大黄桃，便宜卖了！""新到的板栗红芋，面滴很面滴很！""延安苹果，甜滴很甜滴很!"更多的是面前铺着看不出本来面目的塑料布的老汉老太们，坐在小马扎上，面前摆着自家地里种的菜蔬，玉米小葱黄瓜豇豆，一小堆一小堆码着，并不统一的品相，大小不一的外形，一看就是非标准化种植又自由生长的结果，却透着格外的新鲜和朴实，也透着放心。

卖菜的老人们是附近村子的农民，地界两边的农民连畔种地，也就没有了你是东边武功的，我是西边杨凌的这个概念，絮絮叨叨几十年，就都成了邻近堡子的他姨他叔。这时候正是果菜旺季，也是他叔他姨售卖秋天丰收的时节。

春天里随便撒一把蔬菜籽儿，一家人一个夏天都吃不完，何况家里吃饭的人也没有几个。卖自家地里菜蔬的老汉们只是在有人问价的时候，才搭几句话，一般都静静地坐着，无声地看着过往行人。白发白须的老汉们，已穿起了长袖秋装，黑和深蓝是主色调，内里套了跨栏白背心。这时候敞起怀，白背心倒是醒目，老汉们却在来来往往的车流人流中并不起眼。有买主了，老汉咧着缺牙的嘴，呵呵笑着，满脸起了浓重的皱纹，报一个数字，有人蹲下来挑挑拣拣，有人转往下一家。挑好了，过秤，秤尾往往高高翘起，低声算了账，递上二维码，问一句："扫了么？手机是孙子的。"路人往往就明白过来，反转手机让对方看一眼，老汉还是笑呵呵地，点点头，彼此并不多说话，路人拎了菜就走。老汉这时坐下来，左手捧着半米长的烟杆，右手从衣兜里摸出一小撮烟叶，用指尖摆弄好塞进烟锅里，拿出有些褪色的火柴

盒，“刺”的一声擦着了火柴点着了烟，老汉眯缝着眼睛享受地深吸了一口。这时，一句“绿辣子多少钱”将他从神游中拉了回来，老汉连忙把烟锅在鞋底磕几下，边收烟杆边笑着搭话：“一块五一块五，你看这绿辣子多新鲜滴，就剩这么些了，便宜卖了，捎上些么！”路人挑三拣四买了两斤，老汉满意地笑了，也许他心想：老婆交代的任务完成了，剩下的几个辣子拿回去炒个鸡蛋辣子夹馍，美着呢。收了钱，他捡起搁在马扎底下横梁上还冒着烟的烟锅，继续眯着眼睛咂一口，注视着来往的车辆和人流。

老婆婆们摆的摊子，虽然也仅仅是几把葱，十来个奇形怪状的土种白黄瓜，但是摊子上的样貌要好过老头子们的。这些菜往往被老婆婆们收拾得很干净，和她们身上穿着的素花上衣一样，透着熨帖和干爽。她们拾掇净了大葱的干叶子，把黄瓜按大小个儿码整齐，手底下往往就摘起了花椒，或者把红薯叶子的老秆茎掐掉。正是花椒上市的时节，一把把绿叶叶下，是红彤彤的花椒，圆滚滚、红艳艳，散发着花椒麻香麻香的气息，整个菜摊就有了一丝鲜活气。这特殊的香气直往人的鼻子里钻，不由得让人想挑几根黄瓜、抓一把红薯叶，回家炝几颗花椒，一盘好菜就让劳累一天的心神有了安慰。这些老婆婆平日里不大出来卖菜，多在家里带带孙子，做做饭，作务作务房前屋后、地头路边种植的蔬菜。富余出来的菜蔬，叫着儿孙给置办了电子秤。一把花椒放上去，左右摆弄不出来数字，出来了数字，算来算去，只是不报，末了，拍一下手，

绽开满脸的褶子，捡了钱般高兴，“看，这是公斤秤，我刚才给你看成斤斤秤了。这下对了，二斤六两，你给七块钱。”说完，终于露出了胜利般的笑容。

下了班往家赶的人们，不论是哪个方向，都乐意把各种交通工具临时停靠在路边，来这些冒着新鲜气儿的摊子上捎些菜回去，一来顺手，二来新鲜。这样一来，路两边就一溜儿停满了各色车辆，原本宽阔的马路便窄了起来。这让那些途经此地，进入武功或者杨凌，运送生鲜禽蛋的大货车就发了急，大车司机们敞着车玻璃，露在车窗外的手指夹着香烟，皱着眉头，另一只手放在方向盘上，喇叭声响着，车速却并没有提高多少。车前一个骑着电动车的汉子，满身的油污，回过头看了大车司机一眼，嘟囔着：“嘀嘀啥，越嘀嘀越慢。”那司机看了汉子一眼，猛咂一口烟，一声不吭，却也不再猛按喇叭。

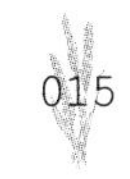

一波一波的各色车辆和行人，潮水一样朝着对向流去。天色慢慢有些麻黑，人流、车流却并未减少。秋天里特有的凉爽，伴随着夜色降下来，丝缕凉意让这份热闹透着安逸舒爽。阴云从南山根上一点点漫上来，据说明天要下雨，空气里已有了一丝潮气，但是一点儿都不影响这临时市场的交易。这个两地交接的拐弯处依旧熙攘喧嚣，是民间应有的日常。

2022 年 9 月 2 日

山村月夜

农历八月十四的夜，好比正式演出前的加演篇目。

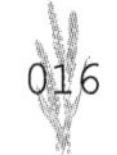

车子在三畤塬下停住的时候，月轮还没有出来，到处黎明前般的黑暗。起伏连绵的三畤塬黑黢黢的，又高大，把处在“锅底”的洛阳村团团围住，这盆地似的小村就有了山村的意味。

洛阳村的行政区属在隔壁的县，是这个县最远的村，却离我所在的小城很近，使我几年来总往这里跑。这阔大的盆地村原是有些来头的。

相传，运送隋炀帝杨广灵柩的车队从长安出发欲去往既定墓地，行至这里时，马车双辕意外断裂，导致棺椁跌落下来。一干人等忙趴地叩头，以求宽恕。朝中命官以为天意，就地堪舆，遂选离此地不足五公里的地方下葬。落杨村于是得名，这一带的捂墓沟、王上村等地名也因此而来。后来居住在此的居民或觉此名不祥，几度更名后，“洛阳村”的叫法便固定下来。虽与中原大地的洛阳市有同名之嫌，后缀以村，也便无人计较。

洛阳村是个传统的农业村，耕地包围着村庄，一派富庶的田园景象。村子和三畤塬南北并排分列，小漳河沿塬下流过，四季不滞。河上田畴交错，狭长平坦。洛阳村散落于几个小台塬之间，远远望去，绿树掩映，村舍错落有致，颇有些原始山村的味道。

近几年，我出于创作需要，总往来于这片田地观察节气与自然变化之间的联系，相对熟悉这里的田野草木及村庄乡邻。这样特殊的月圆前夜，突然想看看夜晚的洛阳村。

此时已是晚上八点多，周围依旧暗黑一片。像朝代更迭前，某个潜藏危机的夜晚。步行穿过大片的玉米地进村，秋夜特有的沁凉使人周身舒爽。眼下，平原地区的玉米已进入成熟后期，很快就要收获，玉米秆挺拔俏立，腰身处别着粗壮的玉米棒子，玉米外壳已经略略发黄。成片的玉米林散发出植物宜人的清香，虫鸣唧唧，河水哗哗，秋夜神秘静美。

快到村庄时，东边半空有隐隐的微光，似乎那暗黑的云层后藏了什么发光物。一点点地，乌云被染上了黄晕，如美人脸颊上的胭脂。不一会儿，昏黄的月亮极不情愿似的探出半个脸来，周围的云层愈发亮了起来，色彩也极为丰富，一圈儿毛茸茸、鹅黄的边儿镶在云层周围，颇有些围观主角出场的意思。露了半个脸的月亮，照得这一片田野、村庄、绿树明晃晃的，似开了探照灯一般。爬上墙头的明黄硕大的丝瓜花，绿得发亮的线辣椒，地里伸长了身子满地爬的红薯藤，在这半轮月亮的照耀下纷纷鲜活起来，似乎就要成了精一样满地行走。月华给了这些秋季作物以饱满的精气神，滋润着它们，连同那些方阵般的玉米林，也如得了前进号令的兵士，要头戴红缨、手持钢枪、足蹬战靴般的出发开拔。

刚刚还喳喳鸣叫的喜鹊也噤了声，只有促织在低吟。

也就一支烟的工夫吧，刚露脸的半个月亮沉没了下去，似乎云层后有人拽着它的脚，扯着它往下沉去。大地再次陷入了黑暗，让眼睛不适应起来，几乎要看不清脚下的路。同行的文友干脆就在玉米地边坐着，说起各自儿时的趣事来。

玉米这么高的时候，去亲戚家捎话、送月饼、果子之类的活儿，通常是不让女孩子干的。做父母的总有担不完的心，说那黑森森的玉米地里一到天黑就藏了青面獠牙的妖精，专逮了漂亮女孩子去吃。尽管已近知天命之年，受着母亲关于玉米地里藏妖精说法的影响，我至今依然不敢独自一人走玉米地，更何况那如绳索般穿过玉米地的羊肠小道。今夜，仗着有文友们壮胆，即使坐在地边，也不觉害怕，反觉这明暗显隐的变化之间，天地可爱。

说话间，那沉下去的半个月亮再次露出脸来。这一次，显然是愉悦出场，周围的乌云被晕染着，鹅黄、明黄、深黄交替杂糅，还挑染一圈儿烟霞般的粉，那暖人的光晕便愈发衬托了月轮的温和柔媚。跳跃间，月亮就出全了，完整地露出了清亮、皎洁的圆脸，像待嫁新娘新鲜的脸庞。倏忽间，周围的云层散去，照得天地一片莹白。村庄里的房舍、牛棚，门前的碾子、坐礅，房前屋后的各色树木，都在显影水似的月华里显出真容来，一切事物明亮可见，好似什么秘密也藏不住。

那些团团围绕的乌云散作碧蓝天空的朵朵白云一般，这里一团，那里一团，像小时候学校门口专卖给学生的棉花糖，蓬松柔软，雪白新暄，让人仰着头不禁嘴馋起来。这些“棉花糖”并不安分，悄悄地变着造型，十分顽皮。月亮愈发清亮起来，如初来世界的新生儿一般，透着清爽、干净，让人心里明净安详。

棉花糖般的云朵被谁拢走了吧？竟然一眨眼的工夫没了踪迹，天空仅剩一轮孤月高悬，一丝云彩也没有。大地亮如白昼。我们的影子拖在身后，细瘦孤长。每走几步，月光便挂在尖角的屋脊上，卡在婆娑的树影间，抑或落在屋舍的暗面，不肯好好地挂在天上。于是，这人间的物事便一处明亮如昼，一处漆黑若夜，像无数的黑白花奶牛散卧在大地上。

我们在月光里穿行，也在黑影里踱步，这明暗交替的游戏原本是道路变换使然，后来不知谁发现了这一秘密，便着意找那黑黢黢，或白亮亮的地方去了。间或有一人拍摄着天上人间的美景，其余友人便躲藏在屋舍的黑影里。拍摄的人情急回头，人迹全无，于是四处呼唤，只有回声或者谁家的狗被惊了好梦，没头脑地空吠几声，这寂寥而明阔的夜就像被划开了口子的布匹，刺啦一声响动过后，便又复归平静。

儿时八月十五夜，是要对着月亮祭拜的。

守护在家门口的土地神、主管收成的仓神、灶间奉着的灶神老两口及院里的天地神，都是要拜一拜的。照例都是母亲一人忙碌，而我们只管盯着那漆了大红漆、只有过年才搬出来的大方矮桌上的月饼、黄梨、红苹果等供品眼馋。母亲叩拜诸神的时候，每尊神像前都要燃三支香，跪在玉米皮编成的蒲团上，叩三下头。祭拜了月亮，那些被月神享用过的供品就成了我们的美食：月饼每人切一小块，整个的要给爷爷奶奶送去；黄澄澄麻皮的大香梨是不能分着吃的，破例一人发一个；那些苹果只能看看，等放得沙面的时候，给早已没了牙齿的爷爷奶奶享用。母亲说，小孩子是不能随意吃这些供品的。

月亮爷，丈丈高，

骑白马，挎腰刀。

腰刀长，杀个羊。

羊有血，杀个鳖。

鳖有蛋，杀个雁。

雁有油，倒在锅里嗞噜噜。

月夜里，村巷间响起这首孩子们年年都要唱的歌谣时，意味着家家的献祭都到了尾声。孩子们手上拿着半块喷香的月饼，在村道间唱着歌谣奔来奔去。大人们则忙着坐在洒满清辉的院子里，趁着亮光收拾新玉米：被雨水浸得发黑的玉米外壳要剥去，晒干后是烧锅或者烧炕的好燃料；中间雪白柔软的部分，要单独收起来，等霜降后下了麦种子，地里没有了可忙的活计，这些洁白的玉米叶早已晾干，片片白羽毛似的，被拢在蛇皮袋子里。用的时候，噙一口凉水，“噗”地喷在一片叶上，撕成宽窄一致的细条，夹在双腿膝盖间，搓成节节相连的细绳子或者粗绳子。细绳子用来打草鞋，晴天里下地干农活穿，柔软合脚；粗绳子编了草盘，是家里人手一个的坐垫，或者编成草圈，腊月里蒸馍用来箍着锅沿，免得跑了蒸汽。留在金灿灿的玉米棒上的玉米叶往往只有三根，那是和玉米芯子的根部最为紧密相连的地方，也最结

实。每两个玉米棒子为一组，雪白的玉米叶在父母粗糙的手指尖，被编成小姑娘的麻花辫一样的头发辫子，辫尾不断线地续上新加入的玉米棒子，那些新掰下来、还散发着潮湿地气的大棒子就乖乖地如部队拉练的士兵，整齐地立在地上了。

天还没亮，母亲在灶镬里烧锅煮糁子，父亲已经搭着梯子往大门外的人字架上搭玉米辫了——不赶紧搭上架，走路都走不过去。这些长长的黄金队列，成日地挂在架上。下雪或放寒假的时候，母亲总是烧了煎乎的热炕，一人发一个錾笼，揪一笼玉米棒子在炕上整日剥玉米粒，一个漫长冬日里的新糁子、搅团就有了着落。当然，孩子们都是猴子屁股——坐不住，门外面“新玉米换甑糕”“玉米棒换棒棒糖”的叫卖声往往让坐不住的猴屁股们更加不安起来。“去，到门上扭三个棒换一碗甑糕”，或者被额外准许换一把搅搅糖、黄而空心的玉米面棒棒糖，也是有的。这个时候，往往是我们的节日，接下来用玉米芯子蹭着干玉米棒剥玉米粒的积极性就更高了。

明月依旧高悬，给了我无数疼爱的母亲却在七年前离我们而去，再也没有人吼着我们在热炕上剥玉米粒或者到门外换甑糕了。

坐在月下，我一时迷惑起来，分不清身处何处。

在村子里转着圈，把村道间能走的路明明灭灭都走了一遭。回到村口地边，洛阳村早已安睡，路边庄子里零星的说话声也不再响起。已近子夜，月亮愈发清亮皎洁，天地一片静寂，我们也说完了想说的话，在这清澈如水的月色里沉默起来。

只有虫鸣依旧。露水泛了上来，凉意浸透全身。月上中天，大地明晃晃的，没有秘密。

2021 年 9 月 21 日

山居散记

火车一路向东，把时间、忙碌、思虑统统甩在身后。简单的行李，清空的思绪，得以轻装上阵。加上满满一火车的人，谁也不认识谁，格外美好。

还是喜欢坐火车出行，绿皮火车都好，不急不慌，慢吞吞，犹如从前的旧时光。旅途中，那种人来人往的嘈杂，吃吃喝喝的声响，孩子们的尖叫或者哭闹，是凡俗人生的世间百态，也缭绕着人世间的种种热闹。

这次选择去中原大地，另一个同为十三朝古都的地方。路上，田陌纵横，山水柔软，明晃晃的太阳，依旧伏热，却是心绪平和，似乎预谋着一去不复回。那些平常看上去意义十足的事情，此刻，全无意义。

邻座操着一口浓重的河南口音，不时在处理公务。一直觉得河南话好听，此刻，坐在去往洛阳的车上，河南话听来格外亲切。让人忍不住想哼几句豫剧，比如《谁说女子不如男》。

就这样一直在路上也挺好。见众生，见自己，最终依旧皈依生活。

山野清居日月长

洛阳龙门站下车，离要去的老君山还有一百多公里，拦下一辆出租车，司机是很年轻的小伙子，一口标准的普通话，问及不说河南话的原因，是嫌土话里有很多脏话，不雅。

老君山是道教圣地，传说太上老君李耳曾在此修炼。从被秦岭环抱的农城到属于秦岭余脉的老君山，跑了几百公里，依旧奔跑在秦岭的怀里，犹如孙猴子之于如来佛的手掌心。

客栈是提前联系好的，由好友的发小姐妹所开，就在老君山景区里。原木蓬草的门头，同色的篱笆、秋千，隔成一方静谧的天地。小院与葱茏的山体相邻，透着道法自然的气息。客栈主人温婉、热情，慢声细气，特地给我们留了一间山景房。干净洁白的大床，落地窗正对着蓊郁的大山，窗外丝瓜藤悠长地攀爬向房顶，枝枝蔓蔓柔媚妖娆，有亮眼的黄花隐约其间。躺在床上就能看到山，据说晴朗的夜晚，还能看到星星。被星星注视着，会不会舍不得入睡?

客栈里，花很多，大多正值花期，蓬蓬勃勃地一排排立在矮墙上，开得和山外的天气一样热烈。泡壶茶，躺在小院的躺椅上，有风掠过，温度不高不低，一点汗星子都没有。

客栈的名字叫“朴宿微澜”，正合这一方天地的情致，岁月朴素，不起微澜，恰如那句“见素抱朴，少私寡欲”，很合我的心境。

木篱笆外，洁白的百合花开得正好，婷婷而立，花朵硕大浓香。客栈主人养的小狗叫“蛋卷儿”，此刻卧在地上佯寐，长耳朵却出卖了它，只要有人说话，它就抖一下耳朵，立起来四处张望，侧耳倾听是不是有人说了它的坏话。

出客栈，拐个弯，就是景区索道。人声鼎沸，商贩云集。一弯之隔，似是天上人间分明。

到达山脚已是傍晚，今天是来不及去爬老君山了，就在附近山林走走。夕阳穿过竹林，细细碎碎，撒了一地的碎金般。一路修竹导游而上，人就穿行在竹海当中。拾级而上，舒缓的山体没有任何行走负担，凉气也慢慢舒展开来。山泉淙淙，顺着山路蜿蜒流淌，脚下便铺洒了一路凉意，悦耳解暑。随行的客栈主人说，泉水从山上流下来，接入各家各户，明早就能用泉水泡茶。暗喜，这是最好不过。当然，明早也可溪边洗脸。

慢慢地往山上走，凉意缓缓沁入肌肤，暑热顿消。临近傍晚，行人稀少，山林里格外幽静。偶有喜鹊喳喳鸣叫，让人不禁想独坐幽篁，弹琴长啸。这一带山水俱佳，自是吸引了不少游人前来避暑，甚至冬季，也有人长居山中，以避喧闹。更有甚者，来的时候是游客，被山中景致吸引，干脆留下来，携家带口就地做起了营生。细问才知，客栈主人也是如此，一家人老远地从徐州来旅游，却痴迷于这一方山水，当下举家迁了来，开起了这家客栈。没几年，几个妹妹也都拖家带口地搬了来，一起经营。爱一方山水，便相守一生，也是痴迷到了极点才会有如此举动。是啊，人生天地间，忽如远行客。按照自己的意愿去生活，何尝不是自许桃花源？

山里的夜来得比山外早些。夕阳的余晖散去，薄暮四起。山气日夕佳，飞鸟相与还。在林海静走，吐纳之间，皆是山林之气、草木之芳，不禁遥想陶公当年，为何会有真意忘言之辞。

回到院子里，稍事休息，晚饭就上了桌，地道的东北菜，大气、入味。抬头，一轮明月挂在深蓝色的天空，山风入菜，月色就酒，耳畔是一街的嬉笑玩闹声。月色格外可亲。

躺在躺椅上，轻轻摇晃，听院子里的住客天南海北聊天。目光越过木篱笆，夏夜的风摇动山林，松涛声声，清溪奔流，头顶星光点点，巴掌大的凤凰蛾垂着修长的尾翼，静静地贴在红灯笼上。略微有些醉了。

入夜，躺在床上，窗外漆黑的山峦画出起伏的曲线，星光点点，不忍睡去。

今天是出门的第一天，有好友在微信上次第询问：“何时归来？”半戏半真答道：“不回来了，我已长醉此山中。”

不辞长做此地仙

停居山林，时间也变得慢了许多。

昨天下午的一场暴雨，让山里的清晨变得湿漉漉、毛茸茸的，空气像婴儿白软的手触摸你的脸颊。还在梦里，就听见山泉轰隆隆地奔流，在窗外、在耳边，夜夜入梦而来。我被山泉唤醒，踏着清脆的鸟鸣声步入山林。这片林间小道我已走过几回，颇有些彼此熟识的意思。尽管如此，却是早晨更为清妙。夏日清晨的阳光，若小满前后的小麦，麦芒才长出来不久，柔软青嫩，拂在脸上，暖暖的，有着深秋时节的温和。

竹海里，竹叶叶尖挂着晶莹的水滴，偶有一滴挂不住，“叮”地掉落下来，瞬间渗入枯叶中。而依旧挂在竹梢叶片上的，颗颗圆润剔透，水晶般耀目，整片竹海就闪着细碎的银光。草木莫不如此，一如沉睡刚醒的新妇，刚刚梳洗完毕，透着富足的娇嫩湿润。放眼山林，整座山酣睡一夜，新簇簇、湿润润，新鲜清爽。

山野里还没有什么人，偶尔遇到一两个跑步的游人，静静地跑过身边。第一天来时遇到的道人正在跳绳，额头上满是豆大的汗珠。彼此打个招呼，笑一笑，躬身而过。

河道上升起淡淡的雾气，纺织娘不住声地叫着，新的一天破壳而出。

我们旅居的客栈在老君山脚下，是一片位于景区深处的民宿，由原先的老村落改建而成。三排东西向排列的房子集中连片挨在一起，一律坐北朝南，几户之间就有一条窄巷，让房子与房子之间不至于紧缩皱巴，而是有着彼此呼吸伸展的空间。我们居住的这家客栈，紧挨着山脉，坐在院子里喝茶，满山的绿树就成了屋檐下嵌着的风景画，这幅画随着四季更迭而不断变化，人与自然如此亲近，又彼此装饰。

从客栈出来，走十来米就是一片竹海，从这里进山，最远可以走到天河洞。据说，这一路鸣响的山泉就是从天河洞流淌下来的。当地人从此处走到天河洞，几乎四十分钟就可到达。我们往返却用去了三个多小时，即便如此，也只走到距离天河洞大概还有十分钟路程的地方就返回了。与其说是这里的山水树木让人驻足，不如说，大山的静美让我们不忍脚步匆匆。

这是一条相对平坦的山路，几乎没有过于陡峭的地方，十几里山路走下来，说不出的舒坦。满山植被丰茂，翠绿欲滴，有着初春时节枝叶初萌的嫩绿，仰头望去，满眼新绿扑面而来。那些扎根于溪流中的树木，满身青苔，苍老而从容。走在山路上，浓荫蔽日，阳光被挡在枝叶之上，清凉的空气环绕周身，初秋般凉意十足。往深山走去，高大的乔木、低矮的灌木，甚至是藤类、苔藓，以及林间小路，都湿漉漉的，树木林草发出柔润的光泽。四处环视，才发现山石上到处清泉漫流，细细的清泉从林间、石缝中流淌出来，满山的植物和岩石就雾蒙蒙、湿润润的，连行人脸上的肌肤都湿润细腻起来。一路不时还会遇到小的瀑布、天雨似的落泉，寂静的山林就到处响起滴滴答答的水滴敲击叶片的天籁之音。打开手机里的天气预报软件，显示湿度接近百分之八十，温度却只有二十三摄氏度，难怪呢，呼吸如此熨帖舒服。

越往上山方向走，行人越少，一度几里长的山路，只有一路山泉和我们同行，偶有几声鸟鸣，也很快杳无声息，颇有不敢高声语，恐惊天上人之意。

午睡起来，泡壶茶，对着满目青翠发呆、喝茶，听客栈主人和住客聊天。满山的绿，雾气中闪着点点碎钻般的光，一个悠长的下午就这样过去。很快，四周暗下来，太阳沉了下去，山要睡了。

又做了一日神仙。

云雾缭绕老君山

老君山是道教圣地，因传闻道家始祖李耳曾在此修炼而得名。

老君山海拔两千多米，属于蜿蜒连绵的伏牛山脉，不算险峻奇绝，却秀美峭拔，有着美人般的柔美清丽。老君山植被丰茂，满山披翠，各类灌木近看润泽油亮，摸上去纤尘不沾。

上山需坐两段索道，当然也可步行爬山。随缆车上升，穿梭于云雾之中，时而夏木荫荫，时而浓雾笼罩，缆车外浓白一片，山峦树木全数淹没。恍兮惚兮，如入太虚之境。

辛丑年爬伏牛山，巧逢六月初六，传说这天是王母娘娘的蟠桃会，行走在雾气缭绕的山路上，恍若奔赴在修仙之途，去赴一场传说中的盛会。同行友人彼此打趣说，今儿且做一回仙女，赴回天上盛宴。

贴着山体迂回盘曲而上，游人和山峦犹如浸泡在牛乳之中，有风吹来，雾气快速游走，贴着肌肤，拂过脸颊，若美人的纤指滑过，有着说不出的舒坦。偶有山崖豁口，山风伴着浓雾吹来，凉爽舒润。人随山走，雾气也蒸腾奔走，从游人的发丝间、脚边穿过，无论回望山下的游人，抑或仰望头顶的石阶小路，莫不是仙气十足。满山的游人被雾气笼罩，成了一山的尘世仙人，似乎都是受了王母的邀约，共赴天上盛宴。

雾气贴着肌肤，沁凉柔软，如披了一层冰纱一般，呼吸之间，身心舒张，仿佛整个人浸泡在冰雾中，每个毛孔都透着水润清凉。客栈主人的妹妹说，这样的天气纯属碰运气，她每个月上山两三次，大部分时间都是晴天，难得见到今天这样的雾海。天气即是天意，这般天意，心下十分感恩。

爬上伏牛山主峰，忽然一路浓荫散去，山野、小路、树木一片金光，原来是出太阳了。放眼周边山峦，雾气连接着云海，雾走云腾，让人分不清哪些是雾，哪些又是云。满沟满壑的云雾，相互缠绕，雾从山脚起，云自天根来，云天雾海一色，人间天上浑然一体，分不清哪里是人间，何处是天宇。极目远眺，金殿飞檐斗拱金碧辉煌，宛如天上琼楼，正待张大双眼细看，一阵云雾疾走，金殿瞬间淹没于一片云海之中，再不肯露出半点真颜。让人惊叹，这玄之又玄的大自然，如此的捉摸不定、变幻万千。

不远处，有人在喊山，似从遥远的天际传来，心下一惊：行走了半日，依然还在人间。

准备下山时，有黑云浮动，罩住整个山头。不久，即有雨点零星飘下。这时，忽然听见一缕丝弦之声，不禁循声寻找，心下思忖，难不成真是神仙聚会？原来，是金顶道观群的观景平台上有演出，金殿碧宇煌煌，似天上仙阁，正在演出的是舞蹈《九天玄女》。只见一女子彩衣霓裳，衣袂飘飘，伴着古筝曲目眉眼流波，舞动跳跃，一个回眸、一个转身、一丝眼波流转，都引人驻足。丝缕浓雾飘忽而过，像是天然的舞台干冰，让人疑为天宫仙女降临人间。女子背后，金殿碧宇琼阁时而清晰，时而被浓雾团住，让这如梦似幻的舞蹈有了鲜活生动的背景，似乎这莫测天气专为女子伴舞而来。一时痴迷，竟生出“不知天上宫阙，今夕何年”之感，又有身临王母瑶池仙境，不知年岁几何之惑。几点雨滴洒落，凉意滴在鼻尖，像是要唤醒一干游人。

顺着原路返回，依旧坐两次缆车下来，似乎下山要更快些。刚走到车前，铜钱大的雨点就砸了下来，紧接着暴雨倾盆而下，敲击着挡风玻璃，雨刮器刮之不及。看了云山雾海，避开了暴雨浇淋，真是有福气的一天。

回到客栈，客栈主人已经做好了朝鲜冷面，酸甜凉爽，很合此刻的胃口。雨依旧在下，客栈门前很快汇成了小河，雨水哗哗地流过，对面山林愈发晶莹水绿，突然想起来一个词，饮绿。此刻，满目青翠，绿透心扉，唯有此词如此妥帖。

复爱溪上云，时来檐下宿。不是道人，却有着出世之感，时间也似乎停滞。想起来时带了茶具，铺展开来，草檐下，观暴雨如注，听雨打松涛，鸟入山林寂静无声，仅余天籁和鸣。借用一句歌词：向天再借五百年，何如？

竹海观澜竹酒香

老君山脚下，多竹。这一片民宿被竹林竹海环绕，居有竹，人也变得风雅起来。

与竹海相邻，抬脚就能赏竹观水，是此行最日常也最清雅之事。又一个早起的晨，惦念着晨光熹微里的竹叶林梢，记挂着那清晨叶尖上吹弹可破的露珠，也感念又一次在山溪流淌中醒来。

清风为我起，拂面若微霜。晨风清凉温软，行走在渐次醒来的山野丛林间，浸泡在晨雾霭霭的林海里，让人瞬间从夜梦的混沌中醒来，身心清透。路过道观，总是早起的修行人已经洒扫完毕，正酝酿着晨练，再次寒暄几句，点头侧身，继续前行。

行走在老子曾修道的老君山脚下，总是有个念头跳将出来：什么是人生最能留得住的？人生逆旅，我亦行人。一生修为、毕生努力，不过是自求内心圆满，与外界并无半点干系。当年创建了道家学说的老子，毕生追求道法自然、清净无为，若非要出函谷关，被关令强留，绝不会以五千余字的《道德经》作为脱身条件，仅骑一头青牛踏着滚滚黄尘而去，空留谜一般的背影。即便是此刻我写下的这段文字，此情此景此叹，也不过是当下一时心绪，并无半点意义。能留下的是什么呢？仅是一点人生体验而已。就连这点体验，到了此生最后，也是所相非相，空空如也，此生结束之时，不带走半点执念。可是依然要走这一遭啊，依然要不负此生，虚空也罢，了无也行，得来过，得体验。

大清早的，杂念乱生，扰乱不了半点山林从容。也是山河博大，许我胡思乱想。

此刻，举目四望，山林空寂，清泉叮咚。清风入我怀，眷眷如有情。

想起前几天上老君山，所见游人大都手执碧绿及腰竹竿，问起方知用来登山辅助。可见这一带多竹，且竹质极好。

每日里晚饭后，总喜到村里走走，走到一个三岔路口便返回。半路上缆车站旁有一些商铺，卖些餐食、水果、饮料、汉服之类。上午路过缆车站，偶见一铺售卖竹筒酒，心生好奇，上前打问。老板操一口河南话，介绍说，这酒由专门培育的大毛竹作器皿酿成。在竹笋冒出来即将长成幼竹之时，用针具将高度数白酒注入笋体，待毛竹长成大竹，酒也酿成了。一般竹笋有多大，竹子就会长多大。毛竹的生长速度很快，一个多月就可长到成年人小臂粗细。这时将竹子小心砍下，竹节处自然成了封住两头的酒塞，竹节中的酒就是鲜竹酒。隔着青黄的竹筒，酒香竹香混合一体，颇有些清新自然的气息。平日里不饮白酒，店主的讲述和着阵阵竹子的清香颇为动人，不必计较真假，买下四筒，预备晚餐与客栈主人共饮一筒，其余带回。

村民老王闻听我们要些竹筒插花、做笔筒，便自荐去砍他家地里的毛竹，顺带晚上蒸竹筒饭。当地人称老君山所在地为寨沟村。村民老王是地道的寨沟人，矮小干瘦，白发苍苍，看着相貌普通，却是个隐富者。他在景区里有门面房，家里还有几幢房租出去建了民宿。

由于午睡，错过了看老王现场砍竹子，醒来却遇着客栈主人和老王他们包竹筒饭，算是弥补了一点遗憾。砍回来的竹子分段锯好，洗刷好竹筒和笋皮，将提前泡好的米灌到竹筒里，用泡湿的笋皮封住口，笋皮撕成绳捆紧竹筒，最后上锅煮熟，竹筒饭便做成了。

山里的天多变，刚才还是阳光普照，只要起风就会下雨，雨丝悄无声息地飘落。不一会儿，又是晴天。还没晴稳几分钟，接续刮风，间或有雷声，暴雨于是密集而下。客栈门前的路再次成了过雨路。竹筒饭上了锅，照例拿出茶具，烧一壶泉水泡茶，继续对着青山发呆。

煮了两个多小时的竹筒饭熟了。剖开煮得发黄的竹筒，糯软甜香的米饭看上去微微发黄，乖巧温润地卧在竹筒上，散发着淡淡的竹叶清香。用木榔头敲开鲜竹酒的竹节，倒出微黄发绿的白酒，一股酒香混合竹叶清香扑鼻而来。

一杯清甜的竹酒下肚，几口地道的东北菜，外加一杯鲜竹叶泡就的竹叶茶，想想，此行算是圆满。一想起明早就要离开，即将看不到暴雨过后的竹海山林，以及那份湿漉漉、毛茸茸的美，竟有几分不舍，一点惆怅。不胜酒力，当下有些微醺。

暴雨清洗过的夜空，干净湛蓝，星星透过云层望向这山野人间。且罢，姑且醉赏山林，只把须臾当永恒。

不舍山林雨作别

今日返程。

昨晚，怀着不舍的心绪再去看了看竹海。下午的一场暴雨，让溪流更加饱满清澈，河道上有淡淡的水汽上升，看上去氤氲朦胧。夜晚的竹林静谧祥和，竹叶经过雨水洗刷，发出片片亮光。偶有水滴滴在行人身上，沁凉舒适。竹林里湿润凉爽，清新宜人。

这是一个没有月亮的夜晚，山林里黑黢黢的，树木们按照白天的样貌静立成轮廓模糊的剪影，大山隐在丛林深处，只有溪流清脆流淌。

下了一夜的雨。陕西有句老话，叫“下雨天留客”。想起来时，行车于洛栾高速，晴朗的天空突然暗淡下来，一半晴空朗日，一半乌云压顶，太阳在晴阴交界处挤出些微的亮光，车子就似乎从光明奔向黑暗。一路疾驰，乌云浓重处突然出现两个光洞，从高天黑云里直直射下两束强光来。光柱是空心的，形成了犹如舞台追光的效果。空心的光柱，远远地照射着山林田野，这样的景象持续了大约五六分钟。路边的广告牌上，不断闪现着河南的宣传语“老家河南”字样，这可不可以看作中原大地独有的欢迎仪式？

此刻，洛阳市里也是大雨倾盆。

来时有着天意迎接，去时大雨挽留，这自然气象里的冥冥暗示，不正是中国人独有的待客情谊、礼仪规制？

离别上车的时候，抬眼望了望竹林，侧耳听一听山泉流响。心里默默和这一方景致告别。

坐在候车室，脑海里浮现出这样一句话：旅行，就是深海潜水的人，偶尔探出水面的呼吸。

2021 年 7 月 18 日

山林半日

临近中秋，几日大雨荡涤，让远山格外清晰，恍若一触即得。雨后的秦岭林木毕现，像挂在客厅的山水画。朗日晴天之下，秋日草木的气息直入心底，长耳的兔子在草间奔袭，肥硕的喜鹊喳喳鸣叫，山林愈发静寂。一盏茶，几只果，几册书，三五好友可谈诗论书，也可侧耳林声。

好友刘君年逾五十，却有着一颗赤子之心。因为工作缘故，他管理着这片近乎四百亩的坡地。说是坡地，却出奇地平坦，几乎是临近秦岭山脚的一片小平原。从空中俯瞰，似秦岭脚下生出的一方阔大阳台，背依秦岭，向北延展，令人慨叹这曲折蜿蜒的秦岭脚下也有如此平阔之地。此时，山外的玉米已经渐次发黄，预备着收获，山地上的玉米却还青翠碧绿。山内山外的温差，植物最敏感。

一路缓行，刘君如入自家后院，何处可观景，何处能静心待几日，一一道来，惹得我们不断发出惊叹，我们戏谑他为“财主家的二小子”。此刻，他领我们站在平坦若砚的一方空地上俯瞰，称这里是最佳观景地。

放眼望去，满坡玉米，沟底一处马蹄形洼地夹在两坡之间，硕大的马蹄印赫然在目，仿佛天马驮了神仙不小心一脚从云端踏空所致。左右看去，秦岭北麓绵延不绝，仅余这一处空阔平坦之地让我们悠然自得。开阔如此，竟可以极目远眺而无遮拦，好一处观景台！好友杨君平日少言，是位十足的谦谦君子，此时也是惊呼不已，直呼“咋还有这样好的地方呢”，擎着手机四处拍照。刘君腰里别了纸扇，左手拄着竹木拐杖，以为他腿脚不好，要依仗竹拐前行，他却笑言，野外作业，拄拐一则防身，山上时有野猪、长虫，山民养有护家犬，有拐在身，除了还击，也可增加震慑力；二则遇到坏人，手执武器，也能让人退却。我们则笑言，这方圆几十里，除了鸟雀，人影子都没有，拄拐杖大概只是辅助腿脚。刘君笑而不答。

车行至秦岭北麓的最高处时，刘君说，咱们就在这里喝茶停歇。这里地处柴家岭，所在地叫擂鼓台。我心想，擂响战鼓的地方一定是聚风敛气、声传万里之地。果然，从擂鼓台俯瞰，眉县、扶风、杨凌、周至尽收眼底，远处城市楼群似海市蜃楼般缥缈。四处开阔，哪里稍有动静都一览无余。

守山人老何所住的简易棚屋外有一张木桌，刘君铺展开茶席，布上茶器、月饼、猕猴桃，算是安顿下来。茶是柑普，最适宜这时候喝。我一抬头，一丛青碧油亮的竹子从简易棚后面斜逸出来，新生的嫩竹叶点点散落其间，颜色区别于老竹的苍翠，带着新生的青绿。我起身摘得几片，泡入茶水中，一来可防沥水侧流，二来嫩竹叶入茶可增香败火。

刘君和杨君算是初识，可聊起各自所读诗书倒是投缘，从喜爱的诗词到喜欢的作家，一说起来没完，我插不上话，成了不相干的局外人，索性和老何聊起来。

五十多岁的老何，个头不高，眉目和善，有着山地庄稼人的敦厚。他孤身一生，守着山下的几亩薄地度日，这几年得空给刘君所管辖的坡地看守庄稼。闲来，老何养几只鸡，鸡蛋供给不远处的五福寺管理人员，换几个柴米钱。问他玉米长得好好的，是不是没有农活可干？老何“噫”地一声，脸上的表情连皱纹里都透着否定：“玉米成熟了，野猪可多了，经常都是一大群，一不留神就把一大片玉米拱着吃了。”说着从棚屋拿出一面铜锣，明晃晃的铜锣中心已经磨得发白，一圈儿黄铜色倒显得铜锣有几分古意。鼓槌头上包了红绸，试着敲一下，震得耳朵嗡嗡，颇具威力，那野猪听了定会以为来了千军万马而不敢来偷吃庄稼。

喝茶、吃月饼，说话的两个人也困了，讨论暂告一段落。问起秋玉米是不是已经老了？老何摇摇头，说背阴处的玉米正嫩着呢，他带我们去。留下杨君看守家当，我们仨下到一处坡地找嫩玉米。林里坡地看上去平坦，拨开丛生的灌木下去，却发现这些地似梯田般一层层荡到坡底，层高约一米，下了雨，秋草湿漉漉的，泥地里更是湿滑。刘君的拐杖这时候派上了用场，只见他拄着拐下到下一级田地，把带有弯把的那头伸向我，让我握紧了，慢慢支撑着一步一滑地下到地里。“这下不笑话我的拐杖了吧？”我吐一吐舌头，算是致歉。

满地的秋玉米个头比平原地区的细且矮，结的棒子也不大，玉米须还未变黑。随手剥开一只，淡黄色的颗粒幼嫩饱满，掐一下，白色汁液四溅，正适合煮来吃。每人抱了几只，顺原路返回，找寺庙厨娘水煮。熟玉米散发着诱人的清香，几个人已经迫不及待，只有老何没动手，他说吃了一辈子玉米，一吃胃就反酸。

啃了几只玉米棒子，刚才还一派晴空，转眼乌云像是从山根生出，飞天凤凰一般扯出长长的尾翼。老何说，要下雨。瞬间大风起，树叶漫天飞舞，棚外的柳树、柿树狂乱摇摆，刚才还喳喳鸣叫的喜鹊也闭紧了嘴，不知到哪里躲雨去了。我们坐在棚下，看着碧蓝的天瞬间乌云弥漫，雨点夹杂着狂风砸落下来。只几分钟，这场风声大雨点小的阵雨就算过了劲。一壶热茶也变成了凉茶，只得重新烧水来泡。

西边的天又亮了。

走出棚子，往寺庙顶端看去，天又湛蓝，灰瓦飞檐、彩色琉璃装点的庙宇更加清新。一只通体金黄的母鸡缓缓地从山庙殿前踱下来，背着双翼，左右脚灵活地捯着，庄严威武，漫步庙堂之上，鸡态若人。

山野半日，晴雨交错，坐看天地骤变，品茶果诗书，自是欢喜。

天色渐暗。惦念着观景平台的夜景，几人不约而同收拾家当，下山。途中，偶有山根处几盏灯火，微光如豆。

观景台上眺望，远处城市灯光闪烁，身后黛青色的山峦剪影般沉默在夜色里。面向繁华璀璨，背依肃穆大山，半世繁华，半世苍凉，恍如半生一世，泾渭分明。

月亮在厚厚的黑云后迟迟不肯露面，顽童般时而半侧时而隐，时而露出清皎明亮的圆脸来，只一刻，便又躲进云层之后。此时，天地一片黯然沉寂。我们都融在这无边的夜色里。

行走在暗黑的天地间，刘君拄着拐杖笃笃点地，扇子握在手上，他口中念道：

“本是后山人，偶做前堂客。醉舞经阁半卷书，坐井说天阔。大志戏功名，海斗量福祸。论到囊中羞涩时，怒指乾坤错。”遂拐杖指天，在夜色下留下一个笔直的影子。

2021 年 9 月 21 日

乡野行走

离小满还有两天，空气里已弥散着小麦渐渐成熟的气息。绒毯般厚实的麦田，为大地装点着色彩。冬小麦正由浓绿转向鹅黄，即将迎来最终的成熟和收割。鸟鸣高低粗细错落交叠，麻雀、鸽子、喜鹊，叽叽、咕咕、喳喳叫着，偶有布谷鸟和“算黄算割”清脆的叫声。

行走在大地上，我才是安稳的。

城市的钢筋水泥和晃得看不清世相的玻璃幕墙，带给我说不清的隐忧和躁动。只有双脚踩在黄土地上，行走在酥暄的黄土间，听见左右脚交替时土块细碎的破裂声，我才还原成我自己。广阔的田野上，成片的林草树木，蜿蜒的河流村道，鸟儿千回百转的鸣唱，带给我无以言说的心安。沐浴着天地之间的阳光、空气、自然声音，和万物共享同一份生存的空间，享受着天地的拥揽、注视、接纳，如同婴儿被母亲揽在怀里——只有在天地间，我才能重回现实中再也回不去的母亲的怀抱。而我，又有多久没有回到过母亲的怀抱？

乡野的气息，永远是清新、干净的，草木林地静静地散发着安稳的味道。揪下一穗小麦，放在手心里揉搓，青绿的麦芒依旧柔软，在手心里轻轻地挣扎，麦衣很容易就放弃了护卫。吹去鹅黄清浅的麦糠，豆青色娇嫩的麦粒胖乎乎地卧在手心。麦粒已经成形，只是依然柔软。把那些青碧的颗粒拢进嘴里，一股清甜弥漫开来，似乎这不是一小把麦粒，而是一片苹果或者其他什么浅甜的水果。这是小麦的“少女时代”，褪去青涩，正在走向成熟，在将熟未熟之间，对成熟充满了期待。等到芒种前后，当那些如剑似戟的麦芒扎人肌肤的时候，麦衣里的坚硬麦粒便会无声地告别青春。我行走在愉悦的清甜里，立时脚步轻盈。

临近傍晚，农舍里传来猪们抢食的哼哼声，牛在圈里发出沉闷而厚道的呼唤，声声清晰悠长。油菜已经结荚，垂着头的茎秆纷纷匍匐而下，给田野和村庄披挂上洛丽塔风格的裙边。村道间，满是皱纹的乡村老人早已成为熟人，哄着孙子的，在门前拾掇路面的，拎着一兜子鸡蛋的，迎面打着招呼，让进家里喝水。穿过村庄，不时有柴草燃烧的味道，清香舒心。大片的麦田，围绕着村庄房舍四面铺展开来，让农舍房屋成为田野上抢眼的点缀。一周多前的大风，在厚毯般的麦田里留下鲜明的痕迹，那些倒卧在麦地里的小麦，让齐整平静的土地现出一片片不规则的绿坑来，似乎被巨人的大脚踩踏过。“刮风刮倒了，听说多少会减产。割起来价也高，割麦机不好割么。”在地里拔草的农人夫妇平静地说着，看不出悲喜，“邻家的草不好好拔，你望，给我屋地里泅了一大片。”节节麦、燕麦高出小麦一大截，在麦田里格外显眼。

和乡民聊着天，风拂过周身，柔和舒缓。不远处的三畤塬上空，夕阳的余晖涂抹着今天最后一片红晕，连沟塬坡地都薄涂了一层绛红的壳。铅色的云像天角抛出的一团乱麻，在深灰色的天空上翻滚，隐隐地，有几声雷从云层中滚出来，“要下白雨了。”迎面走来荷锄归来的乡民，胳肢窝下夹着一大把艾草急匆匆地在赶路，对我，又似乎对着路边的草，匆匆说道。紧接着，地上就现出了铜钱大的水印子，那些草登时在风里翻卷起来。

返回的路上，一只娇小的兔子竖着长耳，被我的车灯晃得呆立在原地，我急刹缓行，感知着兔子在车轮下的轻巧躲避。滑行几米，停下，靠边，打开车门，借着后车灯，看到刚才驶过的路面空无一物，念一声“阿弥陀佛”，安心离去，竟有一丝欢喜浮上心头，仿佛有了什么高兴事。抬头，蓝丝绒般的天幕上，星光一片。

2021 年 5 月 19 日

黔之旅

在路上，看山、看水、见风景，最终见自己。

——题记

山水里的绿

大暑日，到达贵阳。

贵阳多山，几无平原，这样典型的喀斯特地貌，让整个贵阳看上去像是人类活动点缀了绵延山体，山洼里这里一处连绵建筑、那里一处聚居区，像一处处勾画在山体上的句号般，表达着人类改造自然后的心满意足。

特殊的地貌让当地人的方言表达也带着曲折幽深的意思。接机的网约车司机说的贵阳普通话听上去蜿蜒起伏，类似于重庆话，多儿化音。秦统一六国，也顺便统一了文字，统一制式的书面语让各地之间沟通顺畅，也抹平了地域间的差异性，方言却是这方面的补充，每一处的方言都以口耳相传的方式普遍运用，在日常交流中体现着各地独特的风貌及当地人的性情特点。

贵阳话也如此。多山的贵阳，方言也多婉转，绵软曲折，听上去格外舒服，而不高的山体，注定了这份婉转虽自带棱角，却并不突兀。于是，初到贵阳，听几句贵阳土话，偶有听不懂之处，却分外享受这样独特曲折的音韵。这或许是我钟情于四处游走的主要原因：在一种规范化的书面表达之外，个性化的方言土语成为我抵抗程式化生活的重要突破口。就像习惯西装革履的人，偶尔换上了长衫或者旗袍，带着不同惯常的意味。

贵阳是贵州的省会城市，简称筑，也称竹，似乎是对山地多竹的概括性描述。久之，当地口语转音之故，变成了“筑”。关于城市名称的由来，有一说是因为山地多雨，出太阳比较稀罕，就成了“贵阳”。太阳金贵的贵阳，自然就成了避暑胜地。

一路南行，山山峁峁，此间正是最好的时节，苍翠满目，绿脊连绵。苗岭像是个刚刚长大的孩子，还没来得及蹿蹿个头，就猛然定格，让整个贵阳的山头都呈现发育未完的观感。但这并不影响山体的曲线起伏，一路看过去，倒有些毛茸茸的青涩气息。山头也延续了这种半大孩子的顽皮，或圆润似刚剃的小孩的圆脑袋，或尖峭如挺立的白杨林，或似卧佛，或类王冠，或似屉笼里码着的馒头，没有一处相同，这样造型丰富的绿山脊，让行走的景色多变而趣味十足。

贵阳多水。山与山之间，褶皱与褶皱之间，不经意间总会有一潭潭碧如绿翡的水塘，随处流散，使人不觉多看几眼。多雨的贵阳，水塘多，自然不奇怪，奇的却是这些随山赋形、随地成景的绿潭，或细水长流，或汪聚一处，让人疑是银河跌落人间，让这一方大地珠玉满盘。而这些绿潭映照着满目葱茏的半大山体，便天地同绿，若一块通体碧绿的翡翠，让人分不清哪些是山的绿、哪些是水的绿。

多山多水的贵阳，好看的景点却分布散落，和那些随处可见的绿潭一样，透着天地之间的任性恣意。绿荫合抱的小七孔石桥，周身被绿藤、绿苔包裹着，已看不出石桥的本来颜色，静静地倒映在绿水中，七个圆形小孔如基本音阶般随时预备着弹奏出天籁之音。

若说静美清幽的小七孔若处子，翠谷瀑布则是脱兔。万马奔腾般的水流从半山腰里穿过浓绿树丛倾泻而下，倾珠泻玉般，一路飞流，遇树成河，遇水开花，在急切地奔流中汇成一挂莹白飞瀑，继而在山脚形成一汪浓碧若翠的小湖来。

头顶，是碧蓝的一方晴空，大团的白云悠悠走过，让人第一次感到行云流水这个词在现实里有了切实的映照。

白的水，绿的树，蓝的天，仅是这天地自然的色彩就足以让人震撼，而力量与速度的结合，更让人不由得感慨自然的神奇。

苗寨的声音

夜宿西江千户苗寨。

千户苗寨，顾名思义有千户苗家集中居住。苗族以蚩尤为始祖，也以“战斗民族”自居。常常山有多高，苗族寨子就建有多高，这些以杉木为主要建筑材料的吊脚楼，层层叠叠依山势而建，如挂在山上的木版画一般，使人生出参观画展的即视感。这样的房子注定要随山、随木，而山崖隐在吊脚楼后，像极了父亲宽厚的背，驮起这个民族的不屈性情。那些树呢，生长了几十年几百年，早已树冠巨大、树身粗壮，在吊脚楼之间这里一株那里一棵地冒出来，默默装点着版画般的楼间风光。而山势越高，房子也看上去越近云。贵阳这几日天气不错，总是日日晴朗，湛蓝纯净的蓝天下，那些木楼贴山向天而长，让人怀疑那云里住了神仙，只需轻轻降下云头，便可悄然入住最高的吊脚楼。

夜里的苗寨别有另一番韵味。行走在这狭长山洼处的寨子里，绚丽灯光里人声、乐声、水声交织成一曲夜幕下的人间交响乐。在这市声嘈杂间，却有着另一种声响。那是苗族女子发间、腰间、腕间佩戴的银饰发出的微妙撞击声。身穿各式色彩鲜艳服饰的苗族女子或游客，行走在夜间古寨的石板路上，婀娜摇曳的身姿、清秀靓丽的脸庞，银质头饰摇曳，环佩叮当作响，绵长清脆，像极了情人间耳语痴笑的窃窃声，又仿佛新雪簌簌飘落在依旧温暖的大地上，轻柔悦耳。古寨被这一种特殊的声响轻轻占领，成为和别处不同的存在。而白银打制的头饰即使到了夜间也依然闪闪发亮，映照着繁复精美头饰下一张张俊俏风情的脸，让人恍惚置身苗寨节日巡游活动。

这韵味里还有白河水的悄然流动声。白河水穿越寨子蜿蜒流过，串起了寨子里的七座风雨桥，似驮着苗族这个只有语言没有文字、把历史穿在身上的特殊民族奔向更加遥远的未来。河水轻柔舒缓，就像那些已经走入历史深处的民族秘史，从来都是悄无声息却永世流传。沿岸边拾级而上，直达山脚的风雨桥，高顶立柱，飞檐凌空，桥上身着苗族服饰的阿妹、阿点（阿哥），正在桥上对歌。男声粗犷豪迈，女声清越婉转，没有乐器伴奏的清唱，却有着天然的山水调适，舒缓的白河水成了唯一能够与这歌声相称的自然伴奏。天籁般的人声、水声里，情歌的曲调便在这风雨木桥上、青春的男女间流淌，把眉眼之间诉说不尽的情思用词曲传递。白河水在脚下流淌，带着男人的胸怀、女人的蜜意，长久地流向远方，连月亮也害羞起来，躲在洁白的云层里不肯露脸。

隔河望去，夜晚的苗寨流光溢彩，万色斑斓。白天里木版画似的吊脚楼仅余灯光点缀，刹那间，让人疑是置身秦淮河上，画舫载着衣着艳丽的歌女从远处迤逦而来。苗族特色的芦笙吹奏出悠长的曲调，带着亚热带气候般的热情奔放，穿梭在吊脚楼间，沾染在女孩子高高绾起、簪着大朵牡丹的发髻上和男孩子的牛角头饰上。芦笙的造型有着苗族服饰的繁复华丽，拇指粗细的竹管长短不一，看似简单的排列组合，经了苗人乐手的轻轻吐纳，那悠扬厚实、带着山野清风鸣唱的曲调便远远荡开去，让人听了便知这少数民族的音乐和别处之乐完全不同。那份悠扬婉转滋养了苗族阿妹、阿点的眉眼风情，也滋润了绵延起伏的苗岭，让这里多彩多姿、风情万种。

梵净山的石

风吹过层层山峦，带着秋的凉意呼啸而来，发出哨声。

梵净山不算高，却也陡峭。坐完缆车，需爬石阶。三步一歇，五步一停，两千多个台阶，竟爬了一个多小时。沿途看去，满山青翠，林荫石阶之上，各色面目表情的人间男女攀爬而上，带着各自的生活累积。

爬的是同一座山，爬的又不是同一座山，爬的都是山。

拾级而上，到达蘑菇石。而要去往红云金顶，其实还有更远更陡峭的山路要徒步徐行。站在原始粗犷的蘑菇石林，远远望向红云金顶，巨大的山体孑然而立，通往山顶的蜿蜒山路若细绳贴合在山体上，山路上游蛇般的队伍正缓缓蠕动，想要登上那座传说中的金顶。

据说梵净山是弥勒佛的道场。想必弥勒佛祖正咧着宽厚的唇，敞开硕大包容的肚腹，笑看性情禀赋迥异的天下男女，在这蜿蜒蛇行之间各自修行。

红云金顶上，左右山顶各自供奉着弥勒佛和释迦佛，两尊佛祖在这高山之巅进行交接，代表着过去和未来。两座山头之间，一座石桥赫然连接，像极了淡墨山水中轻轻描画的一笔，远远看去，如玄妙众生之门般，架起过去和未来。《金刚经》里有这样的句子，“过去心不可得，未来心不可得”，石桥上微小若沙砾的人们正在通往过去与未来的连接处，也走过他们人生的过去与未来。熙熙攘攘间，不知有多少人能够体会这座石桥的含义？又有多少人明白活在当下的具体含义，而能够去珍惜那须臾而逝的眼下？

腿疾的原因，我留在了蘑菇石，在这片亿万年前自然力留下的扭曲怪石之间徘徊。之所以被称作蘑菇石，是因为这里像蘑菇一般的石头。山体的扭曲变形，让这里的石头或类山门，或像巨蘑，或干脆只是一堆说不清造型的巨石。这些巨石因了巨大的外力，坚硬的石体呈现一副痛苦扭曲的模样，而岩石表面上，风雕刀刻般留下整齐的深沟浅渠，褐色的岩体因此看上去饱受摧残，带着日积月累的风霜痕迹。在这些高矮不一、造型各异的石头间，劲风穿梭，迅猛急速，刮得人站立不稳。正所谓高处不胜寒，风让这个伏天骤然有了深秋的清冷寒意。人人都向往高处，高处却有不堪承受之疾风。

疾风知劲草，疾风也知石力。

蘑菇石林间，每处都根据石头的造型标注了极其形象的名称，方便人们对照识别。一处石头，远远看去上大下小，站立不稳般，近看名为“金印”，细细端详颇有几分相似：一只印面朝天的印章，被无形的手握着欲要盖章般，在提起与落下之间定格。这只印章悬垂了亿万年，不知那欲征得同意的事体最终办了没有，而那份被掌控的悬空感赫然入目，让人不禁担心这件事最终进展如何。

换个角度，那人人视为金印的蘑菇石也像极了一位包着头饰的苗族阿点的侧面，他正咧着厚实的双唇微微笑着，目视前方，似在不远的地方正有心仪的阿妹低眉含羞款款而来，阿点的眼里满是期盼和爱意。这样的注视，一停留就是亿万年，那份痴心与等待便也持续了亿万年。脑海里蓦然闪现出这样一句话：道心如恒，无送无迎。

各山入各眼，各眼看各山。

山只是山。

黄果树的瀑

不知怎么就能在两山夹峙之间，有了这样一条巨大的白练，似从天而降，又似银河跌落。

沿着并不陡峭的山路前行，身边是两山夹行的一泓碧水，倒映着两岸绿森森的树木，水就有了翡翠般的色泽，一条绿绸缎就这样一路随行。在一处并不曲折的拐弯处，似百兽嘶吼的声音隐隐传来，又似远方古战场千骑竞发，还有着巨物跌落水潭溅起水花的轰鸣声，不由得加快了脚步，想要看看前方是何等景致。

正疾步前行，竟然下起雨来。雨丝纷纷扬扬，让这伏天的午后格外舒爽。可抬头去看，分明天上骄阳正烈，难不成是下起了夏日常见的太阳雨？低下头正疑惑间，眼角余光猛然就见了一角白练悄然隐在绿树之间，宛如犹抱琵琶半遮面的俏丽女子，只肯露出半分粉颊。层叠绿树给白瀑镶嵌了绿边，只这一角便有了意外的妩媚。原来，那纷纷扬扬的雨丝，竟是那高处的一角高台瀑布借着风力带给人间的清凉奖赏。借着这额外的奖赏刺激，人们加快了脚步，那一角也在迅速移步换景，逐渐呈现出瀑布的全貌来。仅仅几步之遥，眨眼之间，一条雪白的瀑布便端挂高山之巅，悬垂成一匹巨幅白练飞流直下，而那瀑水因为飞速流下，原本的碧绿色竟然飞奔出莹白色来，远远望去，洁白、圣洁、迅猛，势不可挡。

这条挂在山巅的巨幅白练，恍如万马奔腾，又如千军竞发，百兽嘶吼变成了万兽厮杀，奔涌的力量卷起千堆雪，也卷起巨大的风力来，那些飞流的瀑布就这样借着风力，隔着几里路途，遥遥飞落成一场永不间断的落雨，之前若有若无的雨丝也成了中雨，人们的兴致瞬间高涨起来。全身已然湿透的人们，词穷般地尖叫着、赞叹着，举起手机拍照录像，或视频连线未曾一观奇景的远方家人，表达着对这自然之力的感慨。这样的感慨，注定要被一条白练悉数纳藏，那巨大的轰响瞬间吞没了人们的声音，只见人们大张着嘴，脸上满是流水，兴奋而惊喜，却怎么也发不出声响，仿佛电影院里正在上映的默片。

水声轰鸣，雪白的飞瀑倾珠泻玉而下，在碧绿的水根处

溅起巨大的波浪，宛如在水面上开出一朵朵巨大的白牡丹，满池的白牡丹是春天里的国色天香。

我默默注视着几里之遥的鬼斧神工，满心敬畏，脚下生根。也曾好奇瀑布背后的水帘洞奇观，也曾想象被天水浇身，可此行依旧留下些许遗憾。此刻，我遥遥行注目礼，礼敬天地，礼敬自然。

人生何尝不是如此，存几分敬畏，留一分小满，就好。

2022 年 8 月 11 日

雪堤偶行

这一日，值完班下楼，雪花漫天，颇有些撕棉扯絮的意思，与早起隔窗所见雪花乱舞，已是不同。时疫仍在继续，雪花该来的也依然在途。

车行雪中，似落英中漫步。大片雪花轻柔扑窗而来，不等落住，碎化成晶莹的水滴。一层层雪花，就这么一层层给车窗布起了温润的水珠，清洌晶莹。想起明人张岱的《湖心亭看雪》，百十来字，道尽心事况味，也写足雪景天籁。心下一动：不如去往渭河，当下该是另一番景致。

路上行人车辆俱少，深冬本就萧索，大雪笼罩更见枯寒。通往周至的大桥已经封闭，三五志愿者、警察在风雪中独守桥头。河堤路空无一人，偶有车辆匆匆驶过。秦岭隐在铅云之中，杳杳然全无踪迹。渭河静若处子，不见微澜。衰草枯杨覆着薄雪，已有些许微白。停驻望水，水天一白，人鸟声俱绝，天地白茫茫一片。四野唯余风声，枯树、衰草犹如空悬一幅炭笔画。

湿地公园封园，空旷的沿河步道只有巡逻车若火柴盒孤独徐行。立在顶着丝缕薄白的雪松旁，随着巡逻车无声移动眼眸，隔着不短的距离，感知它的寂寞。车子驶得很慢，颇有些踽踽独行的意思，车上人枯坐车内，四顾茫茫，四野无人，不知该是如何的荒凉。待车子远去，心存侥幸钻过警戒线想去往近水处，被保安大叔劝阻，未果，只能远望河堤。独步冷寂，临渊无羡。

沿河堤路徐行。朔风过处，手耳皆有冻意。天地本无主，这一刻我是主人。

雪中缓行，忆起晨读韩愈《祭十二郎文》，想必当年退之亦如我此刻心境。韩愈的叔侄深情在哀痛与叹惋中让人四顾茫然，那份自责、回忆、厚望纷纷跌落于时间的无涯，更跌落于深深的无望，想必他也是此刻深冬般的天地无靠，一如我，踽踽独行于无人的旷野。那些与冬、雪、冷、寂相关的词句，在脑海里激烈游动，“却无处话凄凉，不思量，自难忘”。思绪至此，不禁悲从心底起。隔着千年时光，在一段文字里与韩公寂冷相知。

而这份心绪是有着深长铺垫的。

几天前，好友张君发文悼念一位同班同学不幸壮年早亡，字里行间的深切哀痛让人无法自抑，当时读来即是这河堤冷行般的感受，几日不曾消散，搁浅心底。正行走间，收到友人微信，得知熟悉却素未谋面的一位青年艺术家昨夜突亡。我脚下一绊，险些跌倒。两位逝者虽然我并不相识，却早有耳闻，他们前后不隔几日相继离开，旁观如我，只觉天地更加苦寒。这一桩桩不幸挤挨在心里，让人身置旷野，却心绪拥塞，不由得慨叹天地之大，却有所不容。加之突然而至的大雪，更是让人心绪荡入谷底，远在长安的亲人近在咫尺，却如远隔天涯，总是令人思绪难安。

在风雪里漫步，借着风寒雪冷去去心里的堵。人本来就是借居于天地之间，蜉蝣一般，心有千结的爱恨痴嗔喜怒哀乐，不过是肉身的一时念想罢了，“色不异空，空不异色”。而受想行识，亦复如是。

四十已过，年近知天命，人生尔尔，其实多半已看开。多少成败，遗憾与自得，不过是无边落木，而几度夕阳，青山依旧。想来这半生，未必是心遂所愿，倒也是安命自适，没有大喜，亦没有大悲，安然度过半生，顺心意而活罢了。想起身边亲人故旧，已有人辞去这热闹的人世，去往再也回不来的他乡，而如今，能够平安就已是万幸。远离颠倒梦想，究竟涅槃。

四周渐次暗下来。偶有麻雀叽喳几声，衬得四周愈发静寂。河堤岸上大丛干枯的芦苇峭立，枝叶仍如旗帜般挺立，覆盖着莹白的雪，如剑似戟。雪絮业已变换成雪粒，簌簌若沙粒沙沙而下，打在树叶、苇丛、衰草之上，似佳人轻移莲步，衣袂飘飘。仰起头，冷风沿脖颈灌入，雪花沾在睫毛上，即刻便成水滴，冰冷沁凉，直入心底，心思澄明起来。

记起曾读过的《吕氏春秋》里的一句，“冬至后五旬七日，菖始生。菖者，百草之先生者也。于是始耕。”四天前，恰好冬至。五十多天之后，农人始耕，四野清明，又是一个全新的天地。好的不好的，终将过去。

2021 年 12 月 25 日

雪落三時塬

这是今冬的第一场雪。

漫天的雪花纷纷扬扬地飘落，三時塬进入了一年中最漫长的冬季。蜿蜒的河流、平整的田块，被落下的雪花勾勒出清晰的轮廓，简笔画一般明暗交错，顷刻间天地在灰蒙蒙的冬日里，突然清晰起来，像洗去了灰尘的少女的脸，洁净清新，天地朗然。塬下横平竖直的田块，绿绒毯似的，平展展、毛茸茸——青翠的麦苗还未及冬藏，那绿就格外耀眼，透着初春般的娇嫩。大片的雪花越积越厚，棋盘格般的翠绿一点点淹没在莹白中，透着睡眼惺忪的慵懒。麦子要盖上棉被冬眠了，来年的丰收就有了盼头。

从金仙观门口望过去，对面的三時塬起伏蜿蜒，莽苍肃穆，飞雪漫舞中，连绵的脊线愈发将塬下的一圈村庄田地揽抱在怀里，仿佛在说，安睡吧，冬天才开始。放眼看去，干净清冽的原野，木叶尽脱的枯树，掩映在田地林间的曲折幽深的小漳河，以及火柴盒般的房舍村庄，让三畤塬在这个落雪的初冬格外静谧祥和，似乎千百年来，这一方天地一直如此静默不语。枯的树、绿的麦苗、金黄而未及落下的秋叶，静美如一幅山水长卷，暮秋的气息还来不及收敛，就在清冽中悄然隐退。此刻田畴开阔、万物鲜明。而季节更替，总是无声。

皑皑白雪让大地神秘温润，又透着庄严大气。那些晴日里喳喳喳叫个不停的留鸟们，麻雀、喜鹊、乌鸦，这一刻都噤了声，似乎天地以雪为令，让它们不得不共同保守什么秘密。

“风搅雪呢。”

身后传来说话声。回过身，是两个农村妇女立在金仙观门口张望。头上戴了关中妇女常戴的黑绒线帽，身穿大团花的棉衣，有着这个季节里乡村常见的喜庆。

“是啊，连刮风带下雪，还挺冷。”

见她们看着我，我便接口道：“观里能进去吧？”

“能么，你们进来看吧。”

进去才知道，这座三进式院落佛道合一。狭长的院子里处处透露着佛的庄严、道的自然，以及人间的干净整洁。

临出门，其中一个妇女问我们是否会开电视，说遥控器不知怎么摁了一下，电视上就没有节目了。跟进屋去，白炽灯明亮，屋内物件清晰可见。一张大床占据了屋子大部分地盘，三个人站在床边，屋内的空气似乎有些凝滞。凝滞的还有那个怎么摁都起不了作用的遥控器。一台二十世纪八十年代常见的老式电视机鼓着厚厚的背，端坐在带着一扇柜门的写字台上，杂物包围了这台老旧的电视，显然这是一台年代久远的小屏电视，好在卡住的画面上还有色彩。调整了半天，那个定格的彩色男主角依然瞪着眼睛固定在屏幕上，空气彻底凝滞。

无奈地摆摆头。见状，那位妇女接过遥控器，说，上次也是这样，不知道咋摁了一下，就不动弹了，刚好村子里来了个电工，三摆弄两摆弄就好了。说罢，低垂着眼睛把遥控器放在了写字台上。

问及还有啥生活上的难处，答：现在这社会好，人富，神也富。

金仙观高坐在与三畤塬相对的塬顶上，由南向北，沿着缓坡依地势盖就三处偏厦子大殿。关中人住屋，由于世代累积的盖房经验，惯于将屋宇盖成偏厦子——房子偏着盖，防止房顶积水造成屋漏。到了盖神庙的时候，也照着人间的想象造就神阁，金仙观的佛道仙班便住进了关中特色的神殿庙堂。

观前塬下开阔平坦，是处天然盆地。平坦开阔的盆底上，耿家沟、张家底、洛阳村等村落从西向东一字排开，土地平整，农人勤朴，是一处民风淳朴的所在。

金仙观正门面西，门上的对联很有意思：上联是“挥青龙偃月刀斩除贪腐”，下联是“掌乌梢软麻鞭新冠清零”，时代气息与神佛祈愿同在，一方佛门，时刻不忘普度众生。

门口宽敞阔大的停车场边上，一座高大崭新的戏台与观门相对，上书“金仙观戏楼”五个大字，红底金字，格外喜庆。镏金大字为繁体楷书，饱满热烈，有着民间的吉祥热闹。雪花飞舞中，正红带着年气，鎏金泛着贵气，在这高高的塬上分外醒目，流露出乡间独有的光明正大，隐隐约约的教化气息扑面而来。耳畔依稀锣鼓铿锵、乐声阵阵，那些为人处世的朴素道理，就在这咿咿呀呀的唱腔里影响着一代又一代世居乡人的言行处事。

观门口，两棵皂荚树一南一北相对遥望，薄雪积在枯枝上，勾勒出虬枝向天的树形，一副挣扎不屈的姿态。黑瘦干硬的皂荚悬垂在枯枝间，两棵树透着母亲般的柔和来，不似远看那么刚直。北树立于高台，呈翘首企盼姿势，树干笔直，树冠却朝南张望；南树枝叶散开，枝干粗大，树下石桌石凳散落，想必炎热的夏季可供纳凉遮阴。南北皂荚树一高一矮，一粗一细，守护着道观。

出得观门，站在南边皂荚树下，此时，南边天空竟有些晨起微曦的气象。雪小了很多，只剩雪蝇般零落飞舞，南边铅云里隐隐约约露出一点绯红，似少女邂逅心上人时脸颊的飞霞。渐渐地，一轮胆小怕事般的太阳完整地露出脸来，只是竟比往日里小了很多，含蓄、羞怯、微弱，竟不像个太阳了。

空气冷冽起来，风停了，原野格外安静。偶有红嘴蓝鹊沙哑着嗓子嘎嘎叫着飞过，似乎撕开一匹绸缎般破开冷寂，这声音划过天空，随即消失，被撕裂的口子瞬间愈合，仿佛什么也不曾发生。

三畤塬下，薄雪覆盖了平整的田野、枯瘦的乔木、挤成一团的灌木，明早这里将是一片薄冰闪烁的世界。风一阵紧似一阵刮过，天地愈发沉默。

真正的冬天要来了。

2022 年 12 月 3 日初稿

2022 年 12 月 11 日改定

山野四季

春是冬的婴孩，总在冬的蕴藏与沉寂中被默默孕育，于是，冬成了四季实际意义上的母亲。诞育了春，冬严守的秘密大白于天下，也让冬藏有着令人心领神会的意味。因而，每个春天才总是崭新的，才像天地新生的婴儿，毛茸茸、粉嫩嫩。

是以，人间万象，启于春节。这藏匿于冬尾的节日，让人间年年崭新。

冬

新年第一天，登高纳新。三日后小寒，天色铅浓，零星雪花飞扬飘落。

误入隋时三教合一皇家寺院安乐宫。群山环抱中，寺院隐于群木之间。高处俯瞰，即便深冬，山林木叶脱尽，也难以窥得此方世界。大隐于山野，超然于世外，道姑慈眉秀目，大方得体，有方外之风。燃三根香，不求功名，不问学业，默念冬去春来，国泰民安。

山野轻雾弥漫，秦岭脊线淡描，若美人秀眉微蹙。松柏苍翠，落叶枯润，野草青碧，不似身处北方寒冬。山自空蒙，四野清寂，长尾蓝雀优雅丰满，曳尾徐飞，在树间短行长歌。红腹锦鸡三三两两，轻巧跳跃，落叶脆响，锦鸡一阵惊慌，隐入山林不见。

山外零星几点飞雪，山野已然薄白。空气清凉湿润，沁人心脾。人家屋前空地，有人持斧劈柴，皆是槐树、红栌一类杂木，红栌少见，生长颇慢，新劈木片白边金黄芯，一白一黄间，耀目的贵族气息扑面而来。联想这样的木头被填烧灶膛，使人心生焚琴煮鹤之感。

站在安乐山山边，俯瞰山林茂密，沟壑幽深，听各类鸟儿欢快脆鸣，山林顿生跳跃气息。临渊羡鸟，隔山慕云，自由的气息让人舒缓松弛。崖边一户人家，背靠山林慢坡独居，两座房子一新一旧，一南一东，并无篱笆或土墙围住，互不相识般自由散落。中间空地点缀棋盘大小菜地，仅种菠菜，小而油绿。问及为何大片土地不种植粮食蔬菜？面嫩主妇答：一是不好好长，一是惹得山上的野猪、野羊糟蹋，不划算，也不安全。

几近半载未曾进山，重回山野怀抱，走步近万，为数月之最。欢畅之情，青山亦多妖娆。

秋

城市里还有些许夏的余热，乡村已早早进入了秋。城乡间十摄氏度温差，让秋得以在乡村率先生发。

成片的玉米阵，绿油油的，秆茎壮实饱满，棒子威武紧实，暗藏小小锯齿的叶片舒展，向秋天发出邀请的手势，也邀请收获一步步遍临大地。

这些大地上的卫兵，散发着草木的清香，若有若无的清甜里略带腐熟的气息，秋野中就弥漫起特有的秋日味道。不去看玉米棒子上逐渐发黑的玉米须，也知道，一场盛大的收获正在酝酿。

玉米，是秋天的主角，也是四季田野最后的守门人。收获了这一季，冬，只差临门一脚。

虫子们不疾不徐，低声慢唱，那声音绸缎般划过空中，空气里就有了幽微的沁凉。它们是天然的乐手，也是当然的物候先锋乐队，用鸣唱迎接着秋。秋，王一般，在幽暗中背手踱来，即将低调盛大出场。

让秋天变得丰富的，还有鸟雀们。夏日里还叽叽喳喳不停的麻雀、喜鹊、乌鸦们，似乎在等待什么，叫声懒洋洋的，是要趁着秋意渐浓，好好歇一歇嗓子，还是积蓄着力量，预备加入冬储的行列？此刻，它们的渐渐沉默和不大活跃，让秋日的天空高远空旷起来。

农人们已穿上长袖长裤，三五成群，抱着小小的婴孩在门口闲聊。玉米健壮，婴孩白嫩，玉米长在地里，婴孩长在怀里，他们都是大地母亲的孩子。

夏

相比于箍成铁桶般的城市，我更喜欢河流、山川、平原，它们阔达、疏朗、包容，它们渊默、生动、饱满，踩在松软的土地上，就被这些优秀品质所承载、所包裹，那份踏实笃定是从未有过的心安。

四野无人，浓夏正长。很久没有享受这样坐拥四野的优待，也就格外贪婪。三畤塬上，浓绿从土中爆出一般，将黄土淹没在绿海之中，静默中的力量让一塬的绿波涛汹涌，止不住一泻千里。这是乡村四季中最丰盛的季节，所有的蔬果都在这个时节热烈而饱满地生长，所有的鸣虫都在这个季节尽力抒情。滚圆的茄子、卷曲的辣椒、青碧的核桃、细长的豇豆集体亮相，齐齐奔向它们生命中的收获季；鸽子、喜鹊、麻雀、知了鸣奏出比天气更为热烈的响动。热闹是这个季节的田野里最鲜明的特征。

行走乡野，凉意拂过周身，瞬间身心清凉。芒种时节播种的玉米已有半人高，舒展着四五片修长青碧的叶片摩挲着我，收割过的麦地里麦茬依旧，踩上去清脆干爽，咔咔作响。初春播种下的早玉米已经结穗长出天花，粉紫色的玉米须少女般柔软清香。

立在洛阳村地头，向西望去，镜照寺端坐在三畤塬顶端。据说那是起源于唐的寺庙，有着美丽的传说。想起一次随宗教界朋友进寺参观，寺庙山门上刻着的对联颇有禅趣："镜空窥色相，月白照禅心。"想必此时，高坐于三畤塬顶端的寺庙正以穿越千年的如炬目光俯视人间，那些金戈铁马、朝代更迭，那些受想行识、眼耳鼻舌身意，统统归于无，归于空，归于虚无，只留一颗禅心月白风清。

归来的路上，曾远观的蓊郁草木，竟有些许萧瑟之意，透着鼎盛繁茂之后的疲累与枯意，似有秋意自远处若马车辚辚声隐约而来。

春

很久没有独步山林。

踏上这片熟悉的土地，犹如马放南山，虎入丛林，也如仗剑行侠，奔赴江湖，有着不愿回头的决绝。酷爱山野乡间，也爱明月山川，久在樊笼，一旦起了无悔奔赴的心，什么都拦不住。

拦不住的还有春色无边。鸭沟河水哗哗流过，山野一片新绿，赏春正当时。对面坡塬上，一团团素白点染轻绿，空气中就有了槐花的阵阵甜香，穿过摇动的林木沁入心扉，悄悄使人沉醉。黑背白腹的喜鹊拖着长长的尾翼，如负手巡视疆域的王，不疾不徐，左顾右盼，有着普天之下莫非王土的气势。猕猴桃树鼓着珍珠般的花苞，挤挤挨挨悬坠枝叶间——该是疏花的时候了。

常来鸭沟岭村，和面朝鸭沟河居住的夫妻早已是熟人。男主人从坡下上来，热情地招呼我捋槐花。问起女主人，答说在屋头睡觉呢。我准备从地头折返时，女主人胡聪莉带着两瓶矿泉水迎面走来。聪莉小我四岁，告诉我她老公发信息说我过来了，她来看看我，并递来一瓶水。每次来鸭沟岭村，她都会热情招呼让我掐几把门前种的生菜或者芫荽，要是道声谢，她总会脸庞红扑扑的，有些腼腆。

漫步乡野，总有慈眉善目的老人打声招呼，彼此熟识般简短搭话。

“下地了。”

“摘花呢。”

青壮年外出打工，猕猴桃地里几乎全是老年人。千年农耕文明所形成的互助关系，让乡村成为典型的熟人社会，即便是陌生人，人们也惯于发出一声熟人间才有的问候。乡村的魅力，或许在此。

路边的杏树上，鹌鹑蛋大小的青杏掩在翠绿的叶片间，春天，让杏子也有些许害羞。春风荡漾，槐香阵阵，想起叫聪莉的女人。

农具的秘密

那些破旧却光滑的木把儿，隐隐透着时间的痕迹。

它们在温润的泥土里穿梭过，被无数的男人女人摩挲过，被他们握住一头拄立过，他们的窃窃私语，是它们耳中的公开发布。可以说，它们无以言说的沉默里，渗透着时间的温度和人类的秘密。

现在，它们被弃或自弃于时空的角落，或者陈列进了博物馆，被无数双陌生的眼睛打量，被当成陌生的存在。而更多的它们，则被视为一个时代的结束而如释重负般扔进历史的垃圾堆，连同它们那个曾有的光辉年代一起，即将被时光掩埋。

而我，要为它们留下笔墨，让它们长久地活在文字里，一如当初它们刚刚被制成的样子，鲜活、灵秀，惹人喜爱，充满希望。

——题记

春　耕

立冬后五旬七日，是土地的春天。

沉睡了一冬的土地，在几场冬雪的滋润下，富含水分，润而不燥。这就是关中米粮仓的好处：即便一个冬季下不了几场雪，可是只要有零星的雪花飘过，黄土块下，依旧是深褐色温润的土层，一锄头掘下去，泥土的清香里扑鼻湿润的土腥气，这一年注定是一个丰收年。

是板锄唤醒了土地的春天。

往往这样的日子里，尽管初春的寒气还在，冬装依旧臃肿，农人心里却已是春风荡漾。正月十五元宵节的花灯收拢起来，圆滚滚、白生生的元宵也吃进了肚子，扛起锄头，心满意足的农人在初春的凛冽里走进田地。

麦苗还没有起身，依旧在冬的温柔乡里酣眠。野草却早已嗅到了天地之间丝缕的变化，伪装成冬小麦的样子悄悄混在麦田里，这种叫稗的杂草有着顽强的生命力，根蔓强劲、须根发达，有着冬小麦近亲的面孔，到了小麦结穗灌浆的关键时刻，就会趁着人和麦放松警惕，疯狂抢食小麦的养分。对于这样的敌手，积攒了一辈子务农经验的农人有着辨别良莠的锐利眼光，要趁着小麦还没起身，除恶务尽。

板锄早已被磨得锃亮，窄而锋利的刃片敦厚结实，另一头的椭圆孔分毫不差地被安在木把儿的一头，木头和铁器之间，小孩的破衫、废弃的旧床单，花花绿绿又柔软绵密地填充了那些细微的缝隙，以免扬起来的时候铁和木骤然分离。板锄的另一头，则紧握在农人粗糙黝黑、布满皱纹的大手里。这一双手，是天然属于土地的手，曾经的年轻细嫩，在一茬茬播种收获中变得皱纹丛生、厚实粗糙、关节粗大。天然的人物相适让这双手的沟壑成就了自然的握力，使得肌肤和木头之间天然贴合、完美衔接，手不离木，木不离手，一握住，就是一辈子，直到把这些曾经的枝杈握出年轻细嫩的肤感。这一辈子，人把木头变成了农具，农具也把人的青春打磨，在彼此的摩擦、熟悉、别离中，木头目送着人，无语永别。

这一刻，人还很年轻，木把儿也正值壮年，彼此间的调适是最舒适的时候。年轻的农夫，独立在春天的田野里，像极了春天——有力、初生，带着无限的希望。他握着它，扬过头顶，不轻不重、不偏不倚，刚刚好锄在了稗草的根上，深藏一冬的假冒者不得不现身露形，把一辈子的躲藏暴露在阳光和年轻人的视野之下，生命被连根拔起。年轻人抹一把汗，拾起这个伪装者，让它们暴晒在温暖新鲜的春阳下，直至萎缩、干枯，被第一场春雨默默地掩埋在土层里，成为冬小麦的养分。

而那些还不曾冒头的杂草，这时候也在板锄的翻飞之下，渐渐松泛了身子，预备着出芽冒苗。随着春天的第一场雨水落下，杂草们也渐渐露头。雨住天晴，扛着锄头的年轻人不紧不慢地在暖阳下，一锄一锄地扬落，遍地冒头的刺蓟、蒲公英、荠菜就被翻进了土里，生于斯，葬于斯，与青碧了人眼的麦苗悄然告别。

板锄，就是这样，在年轻人的扬起、落下中，雨水时节锄去杂草，清明点豆种瓜，芒种前后点种玉米，霜降时在土香里寻找香甜的红薯，冬天则被主人悬挂在屋檐下，享受一冬的暖阳，积蓄来年的力量。

板锄，是田块的警察，这种疾恶如仇、斩草除根式的职责注定要被写进农业历史。《氾胜之书》说："凡耕之本，在于趣时，和土，务粪泽，早锄早获。"锄，在耕种中，还承担了和土的职责，给紧绷的土地松松绑，让土地舒舒服服，秋天时，地自然不亏人。

夏　收

春天，是天地解冻后地气和土壤的第一次和解。夏至以后，阴气渐盛，地气与土壤第二次和解。在这个看似漫长的和解过程中，镰刀预备着人生的重要登场。

时间到了小满，还不到芒种，冬小麦历经起身、分蘖、扬花、灌浆，天气愈热，冬小麦越欢喜。噌噌噌蹿节节的小麦，到了最为青春的时期，昂扬饱满。我行其野，芃芃其麦。青翠碧绿的麦苗在广阔的田野上随风滚出麦浪，一眼望去，像是大船行驶在碧波荡漾的大海上，大海的那一头，是叫作丰收的彼岸。

人字形屋顶上，瓦松青绿，温热的风从青瓦上掠过，不远处，麦梢微黄。大地的收获就在眼前。

年轻人也在一茬茬的播种、收获、贮藏中临近中年，身体微微发福，用愈发粗糙、变形的双手取下挂在房檐下的镰刀、笸篮、筛子，搬出厦房里专意腾出的席包，回身瞅一眼冒着尖儿的另一个席包，若有所思地拉上立轴咯吱咯吱作响的木门，蹴在当院里，从脸盆里撩起一捧水，在青石上磨起镰刀来。

镰刀是小麦宿命的终结者。在熊熊燃烧的炉火中，铁匠古铜色的四只赤膊，一双抡起铁锤，一双稳扶烧红的铁片，在铁砧上锤炼一阵，举在眼前查看后，放进身旁的水盆里，“刺啦”一声，一股子青烟呛入鼻喉，再一上一下锻打，最后淬火，一把锋利的镰刀就有了基本模样。那个写得一手好字的嵇康，是否也曾在这数次燃起的千年炉火中，打得一手好镰刀好铁锹，端详过初具雏形的铁器微现的光芒？隔着远年的时空，一把历经炉火锻打的铁器，让历史与现实有了彼此对视的机缘。

打好的镰刀刃片，青石细细磨了刀口，砂纸打磨了木柄，嵌在“7”字形的短横上，那里有适合镰刀厚度的活动夹页，像咬住刀刃一般牢靠。掂在手里，大小粗细均匀称手，这把镰刀才算是真正属于主人的利器。

预备好了镰刀，趁着天气晴好、露水未干，中年人走到地头，揪下一株麦穗，在掌心揉了，吹去麦衣，圆鼓鼓的麦粒卧在手心，撮起扔进嘴里，预计着还有三五日就能下镰收割。

到了收割这一日，趁着地气还未褪去，初升的太阳毛茸茸地才露出红脸，一家人早早起来，穿着浆洗干净的汗褂儿，肩上搭着摆洗过的毛巾，拎着镰刀、磨刀石和水罐，汉子们三五成群开进地里，把一年的收获和口粮，一镰一镰割倒，捆成粗壮矮实的麦垛子，擦一把汗，舒展一下直不起的腰身，看一眼离地头近了，继续埋头挥舞。

“算黄算割”在渐渐燥热的空气中自呼，布谷鸟也加入这丰收的合唱中。太阳升起来了，最热不过熟麦天，干热的风送来麦子成熟的气息，就像大热天睡在晒了一天的棉被里，汗液蚯蚓般钻进脖颈、腋下，顺着裤腿淌在刚刚收割过的麦茬根上，尖锥锥的新麦茬不时划过小腿肚，汗液浸泡得皮肤疼痒难耐。

大地充满了白馍馍的气息，暄软、喷香。想一想刚出锅的大蒸馍，汉子们挥舞镰刀更起劲儿了。咔咔吞食着粗壮的麦秆儿，青草流汁般的清香纠缠在刃口上，薄如纸片的镰刀把一地的金色收割，也偶尔会撞在汉子的脚踝上，皱一皱眉，揪一把刺蓟嚼碎敷在渗血的伤口上，弯下腰，继续让镰刀在这一望无际的丰收里起舞。

于是，一望无际而又热浪滚滚的金黄麦地里，就竖起了一个个圆滚滚半人高的麦捆子，在高远而炎热的天空下，像是列队朝拜天地的神仙，等待对人间疾苦的检阅。

在这检阅里，小麦成了农人的图腾。

晾　晒

麦捆子终于赶在雨前被抢收到了打麦场上，这即将是一场勤苦耕种的集中展示，更是一出所有农具的集体大合唱。大合唱让夏收的劳作到达顶峰和高潮，这出合唱专为庆祝丰收，专为大地成为多产母亲而歌。

收割完油菜后，中年汉子带着一家老小用碌碡一遍遍滚碾着空场。

收割后的空地熟软平整，趁着晨起的露水还没干透，将锅底煮饭的草木灰用鏊笼装了，架在清凉瓦青的石碾子上，一遍遍拉直了草绳从地的这头走向那头，从地的一头滚向另一头之间，混乱无序就成了平整规矩——石磙子是校正的法典。碾过两三个早晨，白光光、平展展的地坪就是最好的打麦场和晒麦场。

这时候，骡子们被吆喝着，蒙着水汪汪的大眼睛上碾场了。石磙子套在骡子们的脖颈上，一遍遍碾过铺得厚实、暄软的麦草，金黄的麦粒在牲畜的蹄子下、在晒得滚烫的石磙子下，一粒粒从酥脆的麦穗里蹦脱出来，成为融合了外壳和内里的混合物。一圈圈不停歇的碾场，碾出一家家丰收后的白馍馍、长面条。一遍遍碾过之后，麦衣和麦粒砉然分离。人们手握木杈，叉走浮在麦粒上的麦秸秆，将它们摞成一个个圆滚滚、虚泡泡的麦草垛子，也给孩子们制造着一年中为数不多的欢乐——虚肿的麦草垛子是躲猫猫、溜滑梯的好去处。

抖落掉了麦秸秆，麦衣混合着麦粒，虚浮和沉重犹如泾渭两条河一般分明。抓起一把混合着麦衣的麦粒向天空扬起，犹如以新麦祭天神般，判断一下风向，决定扬场的站位。地上，零零星星的麦粒和麦糠，如蓍草占卜的图腾般在地上明示着风向，犹如神示天意。

往手心里唾一口唾沫，握紧木把儿，铲起一木锨麦，扬过头顶，在瞬间的飘浮中，轻飘飘的麦衣和沉甸甸的麦粒就借着风力在半空分道扬镳、各行其是，犹如大难临头各自飞的夫妻，落地无悔。这是折行。折行过后，一堆成为麦糠，一堆是麦粒。而扬出去的麦糠里依旧混进了不忍别离的麦粒，于是，操着簸箕们的女人轮番上场，在一遍遍上下左右的抖动颠簸中，让那些隐藏在浮糠下的麦粒水落石出，犹如哲学里的透过现象看本质。

同样是把麦捆子从地里一架子车、一架子车拉回碾场，汉子也把自己从中年渐渐熬成了半大老汉，干活不要命的性子也在一轮轮的收种中沉静如水，变得不慌不忙。半大老汉噙着烟锅子，蹲在碾场上，看着手扶拖拉机头拖挂着石碾子一遍遍跑过平铺了解开的麦捆子的场地，只消十几分钟，一整天割下来的二亩麦就完成了碾场。汉子在布鞋底子上磕磕旱烟袋，伸一下懒腰，眯缝着眼睛目测一下今年的收成，照例抓起一把混合着麦秸秆和麦衣的麦粒，朝头顶一扬，仰起头，看看风向，扬起手中的木锨，一下又一下扬起场来。女人们已经趁着麦捆子上场，回家擀面去了。三夏大忙的五黄六月，最热不过割麦天，天地蒸笼般煮得人冒汗淌油，正是熬费体力的时候，要给家里的男劳吃好哩，不擀上一案子长白筋的面条，再用熟油“刺啦”一声泼上葱花、辣子面，如何能背得住这跟天气争收成的大忙天？人常说，“装车摞整，扬场折行，提笼撒籽，各样不当（可怜）”，这可都是

把式活，技巧和体力缺一不可，不吃好，身体背不住么。

半大老汉手里的烟锅子换成了纸烟，他拆开一盒金丝猴，从转到地边的收割机驾驶室开着的窗户，递进去一支烟。驾驶室里的人伸出两根粗糙的手指，接了烟，“轰”地加大马力，驾驶着收割机朝地中间开去。好像纸烟喂足了机器，给机器加足了油。收割机轰隆隆地响着，震荡着大地，有着隆重庆贺的张扬和宣示。收割机牛舌头卷草般一下下迅速地卷起成熟的小麦，还没等满地举着沉甸甸麦穗的小麦明白过来，它们就已经连着穗头和麦秆被卷进了收割机巨大的肚腹里。这头刚吃进去麦棵子，那头已经“突突突”地吐出了麦粒。新鲜湿润的麦粒干净饱满，像极了洁净的新生儿，胖嘟嘟、圆滚滚堆卧在车厢里。麦子麦孙们，安然躺卧着，享受着最后一刻在大地母亲怀里的安静、悠然。等满地的麦棵子都变成半腿高的麦茬、松软的麦草，十月怀胎般的播种、起身、分蘖、扬花、灌浆、熟粒就统统成了历史，成为这一季再也回不去的历史，等待着下一次的轮回。

骡子拉碾脱出的麦粒、拖拉机头拖挂碾出的麦粒、收割机卷吐之间收获的麦粒，这些胜利的果实都去了平展展的场上。不同的是，那些曾经专为晾晒平整出的碾场，如今已被工业厂房替代。机械化时代带来了省人省力，也让原本就缩水的耕地上的收获无处晾晒。于是，晒得发软发烫的柏油马路上，跑错路、误入乡村的外地司机，正在费劲地将车小心翼翼地开出厚厚的麦层。轮胎的花纹里卡进了一溜溜褐而胖的麦粒，也搅缠进了看守晒麦场的老汉们的低声嘀咕——“不长眼么，看不来人家晒麦哩！”

新麦要晒干，要将白胖湿润变成灰褐干燥，才能收进口袋装进席包。夏日傍晚，天气依旧烘热，半大老汉精赤着上身，脖颈间搭了湿毛巾，在炙烤着大地的夕阳还有一竿高的时候，带着婆娘娃娃们来到公路上，弯下腰，捏几粒已经晒成深褐色、皱缩的麦粒扔进嘴里，“嘎嘣”一声，清脆而干爽的脆响穿过喉咙，抵达大脑。然后发出熟悉而坚决的指令：“收，明儿不晒了。”这一季的忙碌即告结束。

小麦归仓是夏收的终结，更是鋬笼、碾子、木杈、木锨、簸箕、麻袋、架子车的集体合唱，还是一次耕种活动的高潮。

大地再一次抵达丰收的高潮。

秋 种

终于，三五日之后，大地像产后弛然而卧的母亲，在经历了又一次生产之后，疲惫地把虚弱的躯体松散下来。大地水落石出，原野上偶有灰棕色的野兔迅速跑过，没有了麦田的庇护，小动物们不得不靠奋力奔跑保命。土地干燥，麦茬挺立，犁耙替代了镰刀，开始新一轮的耕作。

一人在前扶犁，紧紧握住短横把的“T”形把手，犁铧锃亮发光，在平整的土地上开掘出不深不浅的小沟，那些湿润的深褐色土块便像海浪被行船破开一般，向后翻去。后面的人一手端着锈迹斑斑的破搪瓷盆子，一手往新翻开的沟渠里扔玉米种子，黄澄澄的玉米种子躺在间距均匀的新土沟里，随后被主人用脚拨土覆盖，再踩上两下，以免被田鼠或者鸟雀刨食。

犁铧尖尖的头在土地上劈波斩浪，平展微凸的铧背接纳着新土，迅速向后退去。前方的土地永远是新大陆，犁铧是勇敢的开拓者，是拓荒的铁牛。

牛乳般浓白的薄雾下来的时候，秋天也跟脚到来。

阴历八月十五前后，秋玉米鼓胀成了牛角般的大棒子，金黄的玉米在密林般的田地里耸峙。一人背一个背篓，肩上垫块破布，双手在前面“咔嚓”一声掰下玉米棒，往后一甩，一个沉甸甸的大棒子就安卧在了背篓里。待到一整片林阵里的玉米都倒在了庭院里，挂在了门前房檐下，黄灿灿晃人眼的时候，地里的玉米秆也在镰刀的收割中倒下，成为堆在院墙外一个冬天的燃料，烧炕、做饭，随用随抱。干爽的玉米叶子由青绿变成枯黄，直至发脆，抱起来“唰唰”作响，填进灶膛里、炕洞中，散发出作物燃烧时的香气，闻起来像是锅里炒了金黄酥脆的玉米豆。

秋分早，霜降迟，寒露种麦正当时。

正是下麦种的时候，连阴雨成了这一季的主角。湿黏的黄土，黏附在黄胶鞋的鞋底，人们走几步就得用地头的树枝刮掉泥块。拌了药的麦种子，被装进口袋，背到地头，等待下地。

汉子在一轮轮的耕种、收获里，已至暮年。满头的白发是小麦剑戟般的麦芒点染在秋夜的霜，在日复一日的摩挲中渐次莹白；更是秋玉米枯黄的天花，沾染了耀目的冬雪，时光的大手一挥，便是青丝成雪。汉子的腰背不再厚实，挺直的脊梁被日月寒暑碾轧，佝偻的身子比起当年似乎矮小了许多。汉子从父亲顺利过渡成爷爷，满院儿孙说笑吃喝。汉子沟壑满脸，吧嗒着烟锅，眯缝着双眼，不作声地看着这一切，满眼安详、知足。

三代男人下到地里，女人们的劳作从地头转向了灶间，营养丰富的饭食能减少男人们劳作的烦躁。

拖拉机头开进地里，“突突突”冒着青烟，硕大的胶皮轱辘后拖拽着犁耙。四四方方的木犁耙，枝杈柔软交错，相互吃劲，构成一方平衡天地。不过半米宽、一米长的木犁耙是汉子老几辈的天地，从地的这头耙到那头，一辈子也没有耙出地界。

宽大的犁耙上，站着汉子的儿子，脸庞和腰身像极了年轻时的汉子。年轻的儿子腰背笔挺地叉开双腿，身子向后倾去，双手套住麻绳，将绳子拉成短短的直线，双腿用力踩踏着木犁耙，尽力让木犁耙绸缎般平滑地掠过湿润细碎的黄土。儿子身后，耙过的土地平头顺面，焕然一新。在拖拉机的突突声中，在儿子健硕身躯的有力下压中，胶皮轱辘两轮之间那个长方形覆斗里的麦种子正均匀地从播种器里，颠簸着开始它们新的轮回，只等着历经和人类一样的怀胎十月，到时产下一地的麦子麦孙。

犁耙，是大地母亲和麦子麦孙间的脐带。一头连着母亲，一头牵着孩子，在秋雨绵绵里，犁耙完成了短暂又关键的播种使命，可以暂告休息。

在拖拉机头拖挂木犁耙的半机械时代之前，牛拉犁耙是汉子抽着旱烟所能想起的最主要图景。宽大细密的木犁耙在元代王祯的《农书》中被命名为“耮”。八百多年间，耮在元、明、清的朝代更迭中，在历史的动荡中，拉着时代进步的口粮，走进民国，走进新中国。直到在汉子的手里，老黄牛被铁疙瘩代替，人和牛同时走进新时代，耕作变得轻快起来。

而远在汉武帝时，农学家赵过担任搜粟都尉，他曾教百姓耕田种庄稼，发明了一种三犁共一牛的耕种法—— 一头牛带三张犁，一个人操作，连下种带拉耧一次完成，可以“日种一顷”。

历史的更替，在牛背上显得如此缓慢。

冬　藏

丈人曰：四体不勤，五谷不分，孰为夫子？

农人是天生的夫子，而冬季则是“夫子”休养生息的时候，即便在古代，这也是农人的权利，尚农的天子都会格外宽容。

黄澄澄的玉米握在手心里，干燥清脆，玉米芯子的相互摩擦，让早已失去水分的玉米粒之间变得疏松和缓，轻轻一挤，便能脱粒。这是乡村冬闲时节农人的主要劳动。相对于秋夏两忙的抢收抢种，这是最为轻松的劳动方式，也是妇女儿童最主要的农活。剥够一蛇皮袋子，肩扛手提地送到村头磨坊里，去皮、磨碎，一冬早晨热乎乎、香喷喷的玉米糁子就有了着落。

仓里有粮，心里不慌。满囤满包的小麦、玉米安然沉睡在厦子房的粮仓里。板锄、镰刀、犁耙，齿耙、推把、晒席，扬场的木锨、木杈，打油菜、脱大麦的连枷，带铁器的家具无不被主人擦得明光瓦亮，挂在檐下；那些纯木头的农具，也被收拾干净、面目一新地收纳起来，农具闲了，人也闲了。是啊，劳作了一整年的农人，就是要理直气壮地在这个天然的假期好好休养生息，好好补一补觉，不急不缓地吃几顿长白光的宽面。饭毕，穿着暄软的老棉袄，圪蹴在院子的墙根下，晒一晒难得的冬日暖阳。

土地在冬天安眠，收获的庄稼也在冬藏，人也成了安睡中的土地、粮食，要在这漫长寒冷的冬季里自我收藏。一起冬藏的，还有那些陪伴了庄稼四季的农具们，它们被农人细细地擦拭、摩挲、修缮，它们在农人的注视下安然享受和农人、粮食一样的待遇——农人知道，没有这些农具的勤苦利索，就没有席包里满囤的粮食，没有碗里热腾腾的吃食。在这点上，农人和农具天然心思相通，彼此怜惜。

冬藏的农具不知道的是，它们即将被彻底“冬藏”，刺耳一点的说法是，彻底退出历史舞台。

那些轰隆隆不吃饭不喝水还冒烟的铁疙瘩即将很快开进地里，全面占领农具们曾经熟悉的战场。它们身上那晒不上太阳、淋不上雨水的小房子里还有专门操作它们的人。而农人即将不再黑水汗流地使唤这些木头朋友，而是只需站立在地头注视着，花几张红灿灿的人民币就能替代农具和农人曾经秘而不宣的默契、彼此趁手的相适，以及冬日阳光下农人的摩挲和安置。农具们望眼欲穿，以为这只是暂时的，可轰隆隆的铁疙瘩，冒着黑烟轻而易举就彻底而长久地改变了农具们的命运，连同农人皴皱的双手、光滑的木把、老实的耕牛所代表的这个时代，也悄无声息地一去不复返。

这些曾被农人从代销店里、铁匠铺子里花了血汗钱请回来的家具，在享受过最后一次的惯性待遇之后，便长久地沉默在墙上，也沉没在一个被叫作“进步”的词语里。它们在土墙上、屋檐下、角落里，被风吹雨淋，被灰尘覆盖，被当作闲置物品不断挪动而无处安放。直到有一年，农人们用陌生的眼光打量着它们，嘟囔着：“还收拾这些干啥？”它们曾经光滑而浸透了农人汗水的身躯就在尘土的覆盖下，去了沟壕、火膛，幸运些的被请进博物馆，在缓慢的腐朽中，变成时代的遗物，供那些陌生的双眼打量。

土地上都盖起了钢筋水泥的丛林，连农人都离开了土地，不再在泥土里讨饭吃，更何况曾经的那些铁木组合？

人和器具一起进入长久的冬藏，说不出是好是坏，或者好中有坏？

只有那些依旧落灰、侥幸残存的农具们，默然注视着这个早晚都能不同的世界，它们要是会说话，一定会问一句：这是怎么了？

2022 年 2 月 27 日初稿

2022 年 4 月 16 日改定

第二章

黍稷薿薿

桃花灼灼

一夜春风过后，春色便一点点浓郁起来，像天神的画笔，不慌不忙为整个春天慢慢着色。

细雨湿流光。隔三岔五的春雨淅沥，宛如婴儿的手触摸万物，柔润的雨丝让那些经冬的树木花草逐渐从灰败的、冬的气息中苏醒过来。柳芽初萌，花芽鼓苞，空气中满是春天独有的喜气和暖意，让人心里莫名高兴起来。春天的雨总是带着点到为止的含蓄，不一会儿便雨停风住，空气里泛着温润的潮气，让人心神安定。太阳苍白着脸颊，施施然从铅灰色的浓云后探出来，一点一点地，带着试探般，把金色的阳光铺满枝杈、草丛、水面。那些依然黑瘦的枯枝突然间就有了光彩，成了温润儒雅的墨色；草丛里也零星冒出明蓝的、金黄的小花，尽管枯叶仍旧覆盖在没有发芽的草茎上，看上去似乎毫无动静，可花朵却暴露了春日的抵达。早已解冻的春水啊，泛起波波折折的花纹，装饰在丝绸般平滑柔软的水面上，让一池春水有了带着褶皱的心绪……

高大的乔木间，被阳光切割成长短不一的碎段，那些不规则的剪裁，是春天的梦，落在哪里哪里就现出梦的色彩、梦的线条。春光落在灌木丛里，便斑驳了灌木们团簇的身躯，明暗交错间，冬的寒冷与春的温暖相互交织。落在皱皮木瓜上，那胭脂色的骨朵儿就有了少女的娇羞，犹如结伴春游时偶遇心仪的男子。落在郁李上，碧绿的枝条修长柔软，恰如少女的腰肢，微风过时，轻轻摇摆。落在开得正盛的梅上，干瘦的枝，朵朵红梅，几丝鹅黄的花蕊，何尝不是春闺少女那害羞的粉颊？落在灰白细弱的山茱萸枝干间，那细密的明黄变成了撩拨人心绪的纤指，似有若无地轻轻拨动心弦。而落在高大青翠的石楠枝叶间，那一簇顶端带芽的嫩黄，就有了翩翩少年的如玉模样……

天空中开始出现鸟群。小黑点们起哄似的，叽喳嬉闹间蓦地飞向碧空，给春日苍穹撒上一把黑芝麻，一张硕大的芝麻饼就摊在了头顶。伴随着扑棱棱抖动绸缎般的声响，鸟叫声清脆响亮地铺散开，把积蓄了一冬的沉闷扯开。

冬小麦起身了。沉默了一冬，叶尖儿发黄的冬小麦褪去萎靡的冬装，挺拔着青碧的叶片，在阳光下展一展腰肢。春日的阳光洒在碧玉般的叶片上，绿得清透，绿得惹眼，使人不禁要轻轻触摸那一抹新绿。指尖感受到那柔软中带着力道，那是奋力向上生长的力量——麦苗正用寒冬赐予的劲头奋力拔节，奋力分蘖。

村子正在过庙会，戏台子搭在了麦地里，面皮摊摊、凉粉摊摊、炸油糕炸麻花的热炉灶也支在了麦地里。支着甜醪糟锅子的黑脸老汉，眯缝着眼嘬起皱巴巴的唇，一下一下吹旺炉灶里的炭火，一股木炭特有的皮硝味儿就漫延开来。各家摊子上，酸醋油辣子的香味便混合进春天的气息，喷香又清新。刚刚起身的青翠麦苗，被无数双鞋子踩趴在湿润温暖的土地里，一簇一簇的麦苗变成了一朵朵开败的麦苗花，一行行的青绿变成了一抹抹灰绿。有农人从身边经过，漫不经心地吐出一句：“麦子屁股痒，越压越肯长。”冬小麦即将拔节分蘖，杂乱脚步踩踏过的小麦反而会生长得更好。农人们深谙这一阻止麦苗旺长的道理，智慧地把戏台子搭在了麦地里，既踩了麦保了收成，又让窝了一冬的乡民接了地气晒了春阳，一举两得的民间智慧，总是让人心生敬意。

站在田埂上，有暖风拂过，农闲时节的慵懒让村庄房舍、牛羊猪狗都笼罩在一片闲散之中，人与物都在春风里尽情散漫。

这是一年中最好的时光。万物苏醒过来，春风也透着得意。

2024 年 3 月 11 日

草木之心

人说草木无情。其实，草木有心。

我很喜欢银杏，喜欢银杏树的树姿，笔挺直立，不旁逸斜出，也不纵横恣意，有着君子般目不斜视的情态。那份孤绝，在初春就崭露头角。

春风里，一树干枝似在沉睡，灰黄的树干上却已星星点点爆出些若有似无的豆绿来，不经意瞥一眼，如豆般的点芽映入眼帘，蓦然带给人初相逢的欣喜。一扇扇的叶片，从最初的玲珑扇坠般浅浅嫩绿，再到渐渐浓郁起来的半大扇面，像一个个乳牙初萌的婴孩倏忽间长成了青葱的半大小子，叶与叶之间也逐渐挤挤挨挨起来，满树青碧的扇叶，让这娑婆世界平添一份妩媚。

妩媚是真妩媚。大大小小、满枝满干的小扇，随风轻舞，树下便袅袅升起一个清凉世界。整整一个夏秋季，满目皆是浓绿的扇面轻扬，弥漫起满世界的清润来。

及至秋季，最美的赏叶植物非银杏莫属，金黄的扇叶渲染成满树极具感染力的明黄，让人眼目里满溢欣喜，心中无来由地涨满希望。银杏树的果实早已熟透，颗颗坠入落叶间，这些落叶积成厚厚的绒毯，满怀慈悲地接纳着这些树孩子，银杏果便一颗颗皱缩着，裹着白糖霜似的外衣，话梅般静静安享日益衰减的暖意。

这是初冬时节大自然最后的色彩奉献，不久之后，天地枯寂，万物皆藏，一切将如梦幻泡影，复归于无。

这是银杏之为草木的本初之心：春天里告知春意，炎夏里浓荫遮阳，秋日里张扬希望，冬日里凝结成君子孤绝之姿。这也是草木之所以为草木的发愿之心：哪怕下一个轮回里，食尽鸟投林，大地白茫茫一片，也要求一份树木的荣枯轮回，走一趟这世间的春夏秋冬。

由银杏我想到了很多熟识的草木。

红叶李是我心中的铁汉。春风还不曾柔暖起来，红叶李就率先把一树深沉的红出示于春日街头田野。这一抹不经意的红，和秋日里五角枫的红不同，红里透着些黑，带一点浓眉大眼的侠士之风，有隐隐侠气。几场春雨过后，红叶李本就繁密的枝叶间，冒出些许细密的粉白花来，花朵小小的，羞涩而紧张地紧挨在一起，似乎腼腆的乡人，朴实地东张西望。这时候的红叶李竟然有了铁汉柔情，粗壮的红脸大汉一旦拥有了护花使者的使命，就像极了雨果笔下敲钟的卡西莫多。

柿子树是我眼里的隐士。尤其是秋天原野上的柿子树，果叶尽脱，一身枯枝，令人想起那位“独钓寒江雪”的蓑翁。黑黢黢的枝干，一树枯枝怒指苍穹，似要与天公一争高下，更似乎要上九天揽月。那份遗世独立的清高，有着隐士般的不与人争，洒脱得只需递上一把剑戟，便要仗剑天涯，独行于山野了。

桂树是一袭素衣的翩翩君子。敢问公子来自何方？定是豪门大宅，自幼诗书里浸泡着长大。桂树高大、青翠，看着悄无声息，却在默默静待八月的手掌轻抚，绽放一身芳华。每每看到金桂，总会想起《枕草子》里那些行走在殿前的年少公子，纨衣素雅，面目俊朗，让人不由得几多回眸。花开时节，细密的桂花朴素安谧，香气浓郁。偶从树旁经过，几天里发衣皆香，仿佛在桂花树丛熏过了一般。未及开花时节，偶有不识之人，误以其为冬青。人不知而不愠，不亦君子乎？

柳树是柔肠百结的小女子，婀娜于崖畔村前，春来一身嫩芽，似明前雀舌，只消掐几片芽叶来，便是一泡好茶。报春的柳枝，在春风里微微轻荡，人面上就有了几分暖色。到了夏秋，袅袅垂下的依依柳条，牵绊着游子盼归的心，系马高楼的相见恨晚之情，以及杨柳依依的不舍别离之情，都在这美人腰肢般的轻轻摇摆里一一生发。

高大的树木有着细密的心思，矮小的野草也有着精细的语态。

苍耳是灌木中的相思者。“采采卷耳，不盈顷筐。嗟我怀人，寘彼周行。”卷耳就是苍耳，是一种叶子阔大种子带有毛刺的植物。深秋时节，手掌大小的苍耳叶片下，是圆滚滚满身带刺的种子，遍布田野里的土塄、沟壑。毛茸茸的种子很容易沾在人的衣物或者动物的毛发上，这样种子就能四处生根发芽。而苍耳在《诗经》里被吟诵成思念的象征，那盼夫归来的女子，怎么也采不满一小筐苍耳，却在采撷过程中满心忧伤地四处张望。那份张望里，是不是也期盼如苍耳一般跟随着爱人的步履，虽行走四方却紧紧相依？

茜草是个面生的邻居。儿时随父母去地里干活，总被崖畔、地边一种如丝线般缠绕粘连的植物牵绊。那一团团理不清的细小藤蔓，看上去柔肠百结，纤细的小藤上指甲盖大小的叶片并不细密，却生出密而茸的小齿来，小到几乎肉眼看不到。正是这些不为人注意的小齿，却极易沾着人或兽的衣物皮毛，若是遇到一大丛，大有牵绊萦绕之意，一时颇不好脱身。茜草的果子春天是青绿色的小珠，到了秋季，依然圆而幼小，却日渐“红光满面”，似一颗颗醒目的玛瑙丸子细密地点缀在缠绕的藤叶间，摘下来一尝，清甜中略带涩意，并不影响口感。只是这果子太小，比芝麻略大一些，品起来令人着急。小时候倒没少吃，后来才知道，这草有着凉血止咳之效，也非闲草。

千里光，仅听这名字就知晓它是植物里的“孙行者”。春夏里，一直开着明黄的小花，一丛一窝，山梁沟壑里多见其身影。这样的小花不很起眼，往往一丛丛盛开，群居动物一般，单看并无出众之处。不过花期很长，能够从春天开到降雪，可见生命力之顽强。冬天，满目萧瑟，枯木遍野，千里光却转化为另一种姿态横生山野。那些曾经挤挨在一起的黄色花朵，一朵朵幻化成雪白的团绒，开在冬日阳光下，耀得满目洁白，似乎一夜之间飞了雪。这洁白的花朵极轻，稍一触碰，就会玉殒香消，四处飞散。没有腿脚，却能千里翻飞，是草木中有能耐的那个。

不论是树木，还是野草，其实都有一颗诗意的禅心。天地万物，有无心之人，却无无用之草木。无用者，其实有大用，这也是草木之心的妙示。

2021 年 11 月 12 日

村庄喜事

冬小麦正在扬花，一片油绿中白花点染，柔嫩的麦芒细针尖般向上挺立。田野的气息拂过村庄，发散着新生的清爽。离收获还有一个多月，天气和暖，人户安闲，适合庄稼生长，也适合物事新生。庄户便整日浸泡在大红的喜庆里。小姨家的表弟结婚，日子就选在了这时候。

二三百户的村庄里今天有两家娶亲，两条相邻的街道便吵嚷成一锅煮沸的热水，和门前支着的大铁锅里的旗花面汤一样，天刚麻麻亮就咕嘟起热气，这喜庆的日子便一天到晚都沸腾着喜悦，让一村的房舍庄院都滚烫起来。

太阳才冒起头，新娘子就从娘家接了来，村庄正式热火起来。往日里各家各户关起门来过日子，显得街巷里空落落的。可一旦谁家有了红白喜事，村庄的生气就像定时从各家冒出的青烟一样，袅袅飘散开，喜气或者悲哀便弥漫在街巷间，像听到了号令突然集合起来的部队，从各家房舍里集中起来，让村庄刹那间人丁兴旺，响声嘈杂。

表弟的婚礼也是如此。载着新娘子的头车一拐入新房所在的街道，一街两巷就涌动起颜色的洪流来。等待着看新娘子的成片灰黑色，是爷爷们的统一色调，他们嘴里叼着烟卷，脸上布满褶皱，默默计算起这院新庄子该是花了多钱，用了多少工；紫红大红桃红的一股，则是他婆他婶的天下，叽叽喳喳议论着女方陪嫁了什么电器，带了几床新被褥。人们这里一堆那里一群，把喜庆泼洒在院屋周围。两股色彩带领的孙子辈，则嘻嘻哈哈在人群里钻来钻去，或者干脆站在谁家的水泥板上，抬起扎着细细毛辫或剃成光头的小圆脑袋，试图看清新人的模样。旁边年轻的父母，扶着娃娃们的胳膊，操心着不要跌了下来，头却扭向婚车方向，看看新娘子是不是下了车。

新房头门边上，少不了要支一桌子酒菜，置办起流水席，从头一夜开始就有人吆喝着喝酒、打麻将，给主家攒攒喜气，也图个人丁兴旺的寓意。

这时候，新娘子的婚车已到了大门口，“下轿钱”是少不了的。给得少了，新娘子坐在车里不言语，也不抬脚，让站在车门外的新郎堂嫂脸上臊臊的，赶紧从裤腰里再翻出一个红包递进去。葱白似的手指拈了那一抹红，片刻便从车里伸出小巧的脚尖来——终于肯了。围观的人们长出了一口气，“这女子将来乖尖，不为难公婆”——“下轿”看脾性呢。客人也继续回神到那一桌不知轮换了几回的值夜桌子旁，呷一口主家换上的新酽茶，续起一根纸烟，互相点上，继续呵呵地笑谈起来。

新人在门口是要拜天地的，这样的拜天地有着接受众人全方位检阅的味道。天地君亲师，讲的是自古以来流传下的规矩。只是准婆婆和准公公早早避开人群，挤在灰黑和紫红的色彩大流中，以免被人找到。村里那些惯于吃席攒事的平辈嫂子们，早备好了用锅灰和红油漆制成的染料，预谋着把老两口抹成个大花脸——越花越好，预示着新人的日子越来越旺。即便被村人涂抹成了秦琼敬德，也不能发躁，要是躁了，不但会被人非议还意味着不祥；更不能快快洗去，要顶着黑红的大花脸忙碌一整天呢，否则预备好的拉扯拖拽、搂腰抱腿就会再次上演，直到脸颊上的颜色比上次还要丰富，看不出眉眼。庄户人冬闲憋闷了一冬，要的就是个头脸开花、老要当小。就这一天能这么耍笑，明儿起，可就是家风有序的公公婆婆了，不趁机调笑放纵一把，主家都觉得哪里吃了亏。仍旧撇不下烟锅子的弯腰老汉，圪蹴在树底下，噙着烟锅子，想起曾经年轻的日子，呵呵笑出了声。正看着，

东边人群里“嗡”地爆出一片笑声，准婆婆不知在哪儿又被村里大小媳妇逮了个正着，原先的花脸就更花了。这哪里是抹花脸呢，这是涂抹祝福呢，越抹越旺，说明人缘好、财帛旺，哪里会有人真发躁哩。

这边一对新人拜过了三拜，该轮到新人的亲戚轮番上阵送上搭情礼了。一时间，舅家、姨家、姑家轮番上阵，作揖、搭红、还礼，司仪按照事先拟好的亲戚名单，照着先娘家后婆家的顺序，叫亲戚们一一上阵，给围观人群展示着可观的亲戚规模，展览着庞大的人缘积累。一条条红被面、一床床红毛毯，把两个新人瞬间裹成了喜庆的红粽子。搭得越多越好，意味着宗族旺盛，祝福厚实。这时候，才轮到婆家搭红，穿着蓝西装、白婚纱的新人，就被一条条亲戚的表意符号缠绕成亲缘的“活体象征物”，连弯腰鞠躬还礼也变得困难起来。

“你看看，人家这亲戚多、门子旺。”

“今儿管控呢，不是的话搭红的亲戚才多，听说娘家客才来了一半。”

“这可是这条街道头一家娶新媳妇，后头有的是热闹看哩。”

围观的人群里，叽叽喳喳的议论声四起，和着音响里的喜庆音乐，表达着对新人庞大亲属团的羡慕和认可。

接受了检阅和观摩，也接受了亲戚们的搭红庆贺，新人移动着臃肿的身躯进了门，点燃三根香，敬天地神、土地爷和列祖列宗，算是在神灵和祖宗处报了户口，也算新媳妇过了门，将来的儿女满堂、五谷丰登就有了指望。门子里未婚的小青年，端起盛着五谷和硬币的紫红升子，抓起一把把象征着财丰粮厚的五色粮食撒在新人的头上身上，庭院里就下起了一阵又一阵的吉祥雨。

新人进了新房，新娘子要坐床。按照新人合婚的八字，新娘子抢先一步进了房门，脱了大红的婚鞋，准确无误地坐在了事先确定的方位。坐在吉位，也就坐在了当家权上，还坐在了家财吉利上。女人是一家的内主人，好女人旺三代，进了门就担负起旺家旺夫的责任，这一坐事关将来，新娘子喜庆的脸上透着一丝庄重。坐了床，紧跟着一盘汤煎面长的旗花面用大红木盘端了上来。新媳妇今儿最大，吸溜了头一碗的旗花面，头门外的席棚里才能开席，款待娘家婆家的亲朋好友、村上搭情行礼的情客席才能依次上酒上菜上汤面。中国民间尤重礼尚往来，来的都是客，待客的诚意都在桌子上的七碟子八大碗里，吃好了、嘴油了才算把客待好了，才算主家这事过得光堂、过得体面。

娘家客照例要坐上席，还得享用第一桌。娘家客里辈分最高的长辈，夹了第一筷菜，喝了第一盅酒，吸了第一碗旗

花面，从早上太阳冒头就起席的流水席才算正式开始。酒菜、汤面轮番上席，等到最后一席的情客嘴上冒油、满脸红光地从席上退下来，服务队的午饭酒菜也整治得差不多了，午饭席口也该到了请娘家人入席的时候。

“娘家客今儿最大。”

“一顿饭把一个人哄走了，不最大能成么？”

庄稼汉噙着纸烟的嘴里，吐露着娶媳妇人家惯有的狡黠得意，也透着庄户人的自信。

“葱颜色都不一样么。”

“对着呢，今儿这旗花面漂绿葱，过上几个月，就该漂白葱咧。”一群人哈哈大笑起来，这笑里透着富足得意，也透着对将来好日子的想象。可不是么，开了春的葱，葱叶子居多，旗花面里就一层碧绿；到了年底寒冬腊月，粗壮笔直的山东大葱葱白多、葱叶少，葱花和切成菱形小块的鸡蛋饼漂在油汪汪煎火火的旗花面上，白是白，黄是黄，爨香扑鼻，就到了给孙子过满月的时候。得意狡黠换成了秘而不宣的呵呵一笑，连日子的颜色也不一样起来。

好日子就在旗花面里的葱花颜色轮流倒换里一天天过下去。怪道人常说，人这一辈子，就吃三碗面——出生时的满月面，娶媳妇的喜面，发送到山上去的丧面，吃完了三碗面，也就尝尽了这一生的酸甜苦辣。

吸溜着碗里煎火火的旗花面，也把日子的酸香滚烫吸进了胃里，人们头上的热汗细密起来。席口正旺，太阳升起来了，眼前的好日子，也即将旺起来了。

2022 年 5 月 3 日

大地上的声音

村庄被声音占领了。

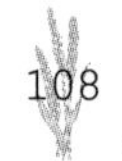

我行走在空旷而依旧崭新的巷道里，不无忧心地想。

从三畤塬顶下到坡底，一马平川的空旷地带上，就是洛阳村。洛阳村是个典型的农业村，高大阔长的三畤塬铁桶般把洛阳村圈在沟底，处在盆地中的村子就有了插翅难逃般的既视感。顺着南北走向分布的高房低户，面对着三畤塬高耸的脊线，像个括弧一样，把几百里良田平展展地括入怀中。若从天空俯瞰，这种两头稍尖、中腹阔鼓的形状，则像极了一艘大船，船底的人们耕种收获，几辈人靠天吃饭，依地而活。于是，一村老少干脆乐享起这风调雨顺、地亩丰产的日子，犹如大船行驶在平静的小漳河，一年四季不生波澜。

这几年，村子里的人逐年减少，他们去了附近的杨凌、武功、西安等地打工——现在的农人，已少有人愿意去过远的地方挣一份家当了。家家户户都盖起了至少一层的大房子，大部分人早已住上了二层或三层的楼房，就近找个事干，日子也能过得去，还能兼顾庄稼收种。每年一过正月十五，村人们就陆陆续续出门打工。大多数青壮年都是两口子一起外出，互相有个照应；还有人图方便，干脆租了城里的房子，免去来回奔波之苦，于是村子就只剩下老人和孩子；再过几年，他们在城里买了房子，连老人孩子一起接到城里，盖起来没几年的楼房就荒了。以至于分布在三个台塬上高低错落的房子，依旧漂漂亮亮，却很少有几家从早到晚开着门——人都不在家，一把铁锁就守了门。那些长期在外地工作的人家，门前早起了荒草，遮住了日益腐朽的木门或者斑驳的铁门，麻雀们在草棵子里飞起落下，成群嬉戏。到了初夏，伸出院墙的杏树下，黄澄澄的麦黄杏落了一地，像铺了一层金子。

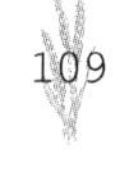

村巷中，大部分的房子空置着，偶有几户常住人家，门口坐着满头白发的老汉或者老婆，目光空洞地看着偶尔经过的行人。遇到跑错路的外地司机问路，他们便颤着腿脚热情地站起来，牙齿漏气，吐字不清，却半天不让人家走，非要说清路到底咋走，有时候同样的话重复几遍。以往那种端着饭碗三五成堆扎在门前聊天的景象，几乎绝迹——满村子都是挂着锁的空屋，哪里能聚得起人来？

行走在空落落的村道上，半天也没遇到一个人，只有一条肚子上缺了一块毛的大黄狗，摇着尾巴从远处颠颠地跑来，怀疑地打量我一番，摇摇尾巴，又跑远了。

村子街巷空旷，就格外寂静起来。这寂静里隐藏着天空般的空旷，仿佛随时能把人吞纳进去。行走在寂寥的空房子群落里，也行走在巨大的虚空中。户巷寂寞，屋宇无人，声音在这里显得格外重要起来，所有的声响都被放大、回荡、碰撞，又原路折返。声音四处碰壁，却无从稀释，于是，一丁点的声响都带着隆重登场的意味。偶有人家居住的房舍里，鸡群间或咕咕几声。建在村外的牛舍，几声短而粗的哞哞声，往往出现在薄暮时分，那是母牛呼唤小牛回圈的声音，急切而慈爱。除此之外，空气中难得传来几声老妪撩逗幼孙的声音——一个苍老沉闷，一个稚嫩响亮；一个清晰无力，一个含糊尖锐；一个是冬天，一个则是新春。

这时正是春分过后，村巷里最为寂寞的时候。打开门就能看到的原野上，声响却异常丰富，于是我一度怀疑声音占据了村庄。

风是声音的最主要制造者，在田野上刮过，掠过干枯的玉米秸秆、起身的麦苗，刮过我的耳朵，刮在各种物事上就化身成那些物事。风在枯黄干燥的玉米秆上，“唰唰”的，细碎而清脆，听起来干爽；风在返青起身的麦苗尖上，轻柔而胆怯，“沙沙”的，蚕吃桑叶般让人安心；风在我的耳朵里，像远处起了雷，轰隆震荡，撞击着我的耳膜，让我被钢筋丛林里的机械声响折磨得几近麻木的耳朵，重新醒来，也顺带叫醒我的肉身。

我称这里为我的“神醒之地”。这也是我三年来多次来此的原因。

风还叫醒没来得及发芽的苦楝树、皂角树，以及举着繁密粉紫色小喇叭的桐树和刚冒出嫩芽的核桃树。这些迟迟才冒出鸟嘴黄的树，风刮过它们，干枝就“唰啦啦”地碰撞着，相互告知着：春来了，醒醒，醒醒。

田野上，一只拖着黑红色长尾的红腹锦鸡悠悠地从田埂上走过，优雅地颠着两只竹叶脚穿过田间小路，听见我的脚步声，不慌不忙钻进旁边的白皮松林。远处的桐树上，几只野鸡哑着嗓子呱啦啦叫，声音就像人类得了重感冒时的说话声，瓮声瓮气，干枯、沙哑，透着长久没有下过雨的干燥和叵烦。布谷鸟这时候忘记了自呼，“咕咕、咕咕”地叫着，间或夹杂几声规律的、撒娇般的长而含混不清的尾音，呜呜咽咽，仿佛心里有了委屈，透着少女般的娇俏可爱。麻雀们守护了一冬的村庄，彼此也成了熟悉的邻居，主人般啾啾喳喳，商量重大事项一般，吵吵闹闹半日，也说不出个所以然来。听见人的脚步声，它们借机一哄而散——预备会没有统一意见，估计还会换个地方继续开。鸽子们振着绸缎般的羽翼平滑地飞过满是浓云的天空。天气虽然晴朗，云却厚被一般布满天空，显得天空铺了棉絮般低矮暄软。鸽子们飞过的声音和别的鸟儿不同，厚绸缎抖动般的声音在飞翔中振荡起与众不同，听上去带着远方来信般的笃定和踏实，似乎还有一丝期盼。画眉娇小玲珑的身躯，子弹般从一棵皂角树弹向另一棵皂角树。迅疾飞翔让这鸟儿格外机警，娇小身躯发出的尖而短的叫声，也极易在众多的声音中凸显出来，那是一种果敢、坚定而不乏俏丽的叫声，有些急脾气小佳人的味道。这声音，让人的耳朵想恋爱，想一睹佳人芳容。黑背白腹的长尾喜鹊喜欢立在桐树顶上，伴着桐树的种子带着壳撞击出哗哗声响，“喳喳”叫着，预报着春天的吉祥事。

比起鸟们各异的叫声，虫子们胆小得多。麦蝇小而敏捷，发出类似表哥苍蝇的“嗡嗡”声响，不时想要钻入人的眼。它们飞快地在人眼前晃一圈，扰了人的清静，人心里生出一股莫名的烦躁，不耐烦地挥挥手，它们识趣地快速飞离。蜜蜂这时候没空在田野上浪荡，金黄的油菜花、粉红的碧桃花、雪白的梨花，都是上好的蜜源。这勤劳的使者，缩着双脚、振着透明的翅，圆滚滚、黑黄相间的身躯里满是甜蜜，正忙得不亦乐乎。春日短暂，它们得趁着晴好紧忙，没空瞎溜达。

农人们掮着板锄，趁着暖阳下到地里。冬小麦已经起身，返青的麦苗修长青碧，混在麦田里的稗草、米蒿子、婆婆纳也该锄一锄了。稗草这种野草极易和麦苗混淆，一不留神，就会和麦苗一样扬花结穗，到那时麦苗也正是灌浆的关键时期，就会影响麦苗长势。所以，要趁着麦子刚刚起身，人还能下到地里，小心翼翼地将这些“伪装者”锄净。被清理出麦苗队伍的稗草大多根朝上，暴晒于暖阳之下——这才是典型的斩草除根。

离农人不远的田里，红腹锦鸡从红叶李林中钻出来，拖着长长的尾羽，悄无声息地跨过田间新修的沙石路，慢吞吞踱着步，巡视疆域般不急不慌。干活的农人们大多带了手机，一边拔草，一边听手机里过年时儿孙们给下载的秦腔戏，于是满塬沟就远远近近飘荡起秦腔来。秦腔粗犷豪放、板眼清晰的唱腔最适合在原野空地响起，一嗓子吼起来，连路过的白云都跟着颤动。这种有着冬日原野皂角树一样张力的唱腔，大开大合，带着天生的神威，一时间，那一声“奉兄请上我拜见，患难之中结义难。他日平安回家转，周仁叩谢你门前”的唱腔，令人长久独自悲愤。

起风了，风卷起地头的浮土，扬得天空灰蒙蒙，久久不散。巷道里，干枯的草叶子在半空盘旋，四处无着。鸟雀噤

声，谁家的狗在拼命吠叫，玉兰枝柯相互敲击着发出“哗哗”的声响。偶有身穿花花绿绿的骑行服、蹬着同样花花绿绿自行车的骑行者，三五成群、说说笑笑着骑过，就像把整块的空寂撕开了一个小口子。骑行队一过，被撕裂的伤口自动愈合，了无痕迹，似乎什么都没发生过。

不远处，三畤塬的春天才慢慢苏醒，一疙瘩、一疙瘩的嫩绿爆出来，夹杂着些许粉、一团白，点缀着初显茸绿的土塬——离满塬披绿仍有时日，这个春天在塬上就颇显寂寞。

暖阳下，簇新的麦苗绿得发亮，像落了满地的绿翡翠。一阵又一阵风吹过，满地晶莹的绿滚滚西去。

2022 年 3 月 27 日

花溪听雨任去来

下雨的时候，一定要来花溪园听雨。

仅是这个庄园的名字，就有着多情浪漫的意蕴。一园花草，柳溪伴流，该是何等雅致之人，才可浸身其间，洗去满身浮华？

花溪园独立于绵长而又蜿蜒的小漳河畔，是点缀在幽曲沉静的小漳河畔的一颗明珠。若是从空中俯瞰，林木掩映，草顶瓦房，一院子的林草花木，会让人以为到了传说中的桃花源。携幼入室，有酒盈樽，刚刚好，那一铁锅柴火慢炖的鸡咕嘟咕嘟正冒着香气，水汽缭绕里，是一次丰富而饱满的味蕾享受。

春分是春与冬的分水岭，严酷的寒冬和煦暖的初春一别两宽，时间的泾渭分明带来季节的天地焕新。这一天，徜徉在花溪园的花海，是对春天最清雅的致敬。

樱花是最早的，一树树粉红，艳若少女娇羞的粉颊，微风拂过，满树婆娑，一如初见情人的羞涩。微微掩一掩衣袖，那份初开的情窦便又悄悄蕴藏在牡丹明黄的花蕊里了。柳芽新绿，雏鸟轻啼，一切都是刚刚降生的‘新’‘暄’，让人在满眼的嫩绿、鹅黄、淡粉里沉醉不知归路。抬头看天，湿润润、新鲜鲜，剥了壳的鸡蛋般。天地全是一副新面孔，透着新鲜清润。到了夜里，那春雨便细细地、温柔地斜洒下来，不舍扰人清梦似的，落在初生的竹叶上，“沙沙”地轻响着，像极了春蚕轻食桑叶的声音。这声音没有半点打扰，却平添妩媚，让待露草堂里的古琴声愈发悠远清澈，散发着如梦呓般的虚幻。春夜幽深，夜灯微黄，草顶清风，一盏熟普，丝缕不绝的《广陵散》，花溪庄园便凭着这一丝激越让春夜也吃了一惊：这是怎样的夜呵，平凡朴实的黄土地上，竟也有着如此的情致？而魏晋名士们或许此刻正衣袂飘飘，神游四方，他们若天上有知，一定会讶异于这当今人间，竟也有着如此翩翩风雅。

立夏时节，是那荷塘的一池蛙鸣和杨树上初试嗓音的蝉嘶叩开了长夏的大门。夏天的时候，花溪园最适宜饮茶纳凉。长夏浓荫，碧荷池塘，蝉藏匿在杨树、柳树、樱树上，一声接一声地诉说着长日里的热烈。躺在绿柳合围的庭院茶室里，透过镂空屋顶，看天空一丝云彩也没有，瓦蓝干净。微风拂过柳丝，一盏热茶，摇把蒲扇，周围的薄荷、香茅、鼠尾草在阳光下反射着白光，却依旧油绿茁壮。鱼腥草蓬勃茂密地挤挤挨挨在水塘边。阵阵植物混合的香气充盈鼻腔，让人心脾安适。这时候，有人会告诉你，蝉在地下蛰伏七年，地上长鸣三月，你就会在它无休止的绵长又单调的长嘶中沉沉睡去。原来，蝉声也是可以催眠的。一个下午的时光，就这样在时睡时醒中过去。自是睡得一身热汗，醒来却也酣畅解乏。傍晚的时候，长庚星挂在深蓝色的幕布上，开始它夜间的旅行。夜晚是蝈蝈、蚂蚱、纺织娘，以及挑着灯笼夜行的萤火虫的世界，它们在自己的村落里，大声地歌唱，尽情释放着压抑了一天的情绪。而这燥热的歌唱也成了纳凉人的最爱，听，连耳畔那哗哗流淌的小漳河水，也在此刻清凉起来，伴着虫鸣，让人恍觉已然入秋。夜半，风吹树摇，电闪雷鸣，发了怒般的老天把雨水兜头浇落，园子里干渴的草木吱吱地喝着水，小漳河又涨水了。雨停月出，天上一轮明月更见清亮。加件单衣，夜色已浓，一地白月光，恰似满地白霜，于是夏夜胜似秋夜。虫鸣依旧声大如牛。

白露让秋天的夜成为真正的秋夜。这一地的露水啊，是上天格外赏赐给花溪园的天然珍珠。一地的香草香药，纷纷顶了这天地的赏赐，举着这神奇滚圆的珠子炫耀起来。于是，满地就有了莹白的亮光，亮晶晶，星星点点，像是恋爱中少女的漆眸，在你不胜欣喜的注视下，点点闪烁。得坐到木屋里去。木屋升高了半米，芳名“花伴月”。周围种了一圈花朵硕大粉白的牡丹，间或栽种着红枫。牡丹已经结籽，曾经盛开着芬芳花朵的柱头上，兜了一圈黄绿色的边儿，盛着十几颗少女星眸般的籽实，黑黑亮亮，替代牡丹繁复的重瓣打量着你，让你感慨于时间的神奇。而花廊里的月季却是经久不衰，这四季常开的花朵，在秋阳下热烈明丽地开着，依旧不逊春日，仿佛花田里有了什么喜事一般。春天里黄灿灿的木香已经不见踪迹，徒留长长的青藤，似一条条垂下的心愿，让人忆起它曾经花开无数的一架繁华。偶尔也会落几天的秋雨，缠绵病榻的美人一般，愁绪不肯消解。坐在屋檐下，看水帘滴答，断线的珠子般，似乎是夜里的露水悄悄爬上了房梁。雨天里泡一杯茶吧，无论什么茶都好，坐在“花伴月”里，喝什么茶都是香的，秋天时光里积淀下来的香气到达顶点，和着泥土散发的清香，让人仅仅作清水饮，也会不思归。

小雪节气的时候，哪里也不想去，就惦记着花溪园的温酒和滚烫的一大铁锅炖鸡。这时候的初雪往往是积不住的，预报时的轰轰烈烈，让人们生起了盼雪的心情，却落地化成一地泥泞。地气还没有真正降下来，那些毛茸茸的新雪不知天地还未做好迎接它们的准备，急于探访人间，于是，还未及画就的如花妆容，便融化在大地温润的怀抱里，倒让干枯的枝丫、背阴的土地披了一身雪衣，和远处、近处落雪即融的河流、大地，形成鲜明的明暗对比，似乎谁家走失了一头黑白花母牛。这花母牛也在花溪园里留下黑白的印迹，背阴的树下、庭院中的座椅上，到处都流露着冬日特有的雪趣。这时候的花溪园空前宁静，花草沉寂着，树木静立着。园日涉以成趣，门虽设而常关。人们囿于暖房里的那一丝安逸，倒成全了花溪园的静谧。玉宇澄澈，鸟倦不飞，唯有悦亲戚之情话，乐琴书以消忧。温一壶酒，着几样小菜，围炉炖煮肥胖的林间鸡，加一些土豆、豆角、豆腐进去，这些寻常的食材就有了冬日暖阳的香气。火光映照在围坐一圈人的脸上，人人看上去踏实可靠、健康结实。酒后微醺，再闷泡一壶熟茶，人仿佛成了山中宰相。冬日里的惬意、慵懒、散漫，就化在这一炖一泡里了。到了夜半，连瘦的月也沉沉似要睡去，这一天的好日子才恋恋不舍地暂时画个逗号：漫漫冬日才开始，急不得的。

花溪日月，无非就是山野里的农家岁月。时光烹煮，一地浓香，归去来，任平生。

2021 年 9 月 13 日

早市上的胡豆

一大蓬胡豆带着新鲜肥嫩的茎叶，倒卧在路边早市的砖道上。路过的时候，并非那抹碧绿吸引了我，而是空气中那一团略有似无的独特清苦气息击中了我。这缕新剥杨树皮般的清苦气息，拉扯着我使我立住了脚，这才注意到地上躺着的是一堆连茎带叶的胡豆。

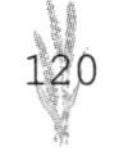

“刚从地里拔出来的，你看，根上还有泥哩。”

坐在马扎上摘胡豆的汉子仰起干瘦的脸，阳光便铺满了这张满是沟壑的面庞，犹如开出了满脸金灿灿的花来。尽管满脸笑意，可这笑里似乎带着苦意，黝黑的肤色透着常年的劳作辛苦，凝结在笑纹里。

“种了席片那么大一方，今个才拔了一点。今年结得饱。”看我端详着袋子里堆得冒尖儿的胡豆棵子，干瘦汉子继续说。当地人把籽粒饱满称之为“饱”，想想常用的饱腹，不禁莞尔，颇有相通之处，不过是饭食在肚腹里，胡豆子在壳里罢了，容器不同，却一样的饱。

捡起一颗头脸干净的胡豆，沉甸甸的，确实饱，触手有略带粗糙的温润清凉；嗅一嗅，似乎嗅得到土地的潮润和晨起的地气。

“咋不摘好了拉来，在这现摘，慢的。”路人停住，越过汉子的肩膀探头道。

“也不慢。现摘就是给人看新鲜不新鲜么。”

说着话，手里的活儿并不停，一株半人高的胡豆棵子三把两把就很快只剩了仍旧挺立的茎，叶片耷拉下来，那种苦树皮般的味道却更浓郁了。汉子脚边的塑料袋便逐渐饱起来，盛满了一团碧翠般格外养眼，清晨的阳光恰好打在那一团碧翠上，发出些许不真实的绿光。

胡豆这种作物，单看名字就知是个外来物种。著名古农学家石声汉教授对于胡海番洋的植物命名有个观点：凡是域外引种作物中，名称前冠以“胡”字的植物，大多为两汉两晋时由西北引入。汉武帝时期，张骞出使西域，带回了大量外来植物，这些植物经过试种引种，丰富了老百姓的餐桌。胡字为首的蔬菜便是张骞西域之行的最大一支，胡瓜、胡荽、胡麻、胡桃、胡豆等等，使得以“胡”字命名的植物带着鲜明的外国印记。当然，“海”“番”“洋”之类带着明显地域符号的植物也是频频出现在日常餐桌之上，成为对当年西行的遥相印证。脑海里浮想联翩，躺卧在砖道上的那一蓬胡豆便格外让人注目起来。

问了价，三元五角一斤，并不贵。称了两斤，拎在手里，胡豆碧绿修长又滚圆的身躯，散发出新鲜的清苦气息，恍若随身携带了一丛春日的新鲜地气。轻快地行走在初夏的晨光里，想起每每于清明前盛开的胡豆花来。粉紫色翘立的翅膀形花朵，三个一簇竖排在茎上，中心花瓣有着黑褐色团点，像极了美人之目，簇簇粉紫隐于椭圆叶片间，便宛如散落的蝴蝶，那一片菜地就生出柔美独特的异域风情来。

胡豆生长迅速，从开花到结实不过一月有余，却生得如此饱满肥硕，给春夏之交的寡淡餐桌平添一丝新鲜生机。碧翠的胡豆剥去厚实紧致的外壳，一层洁白丝绵般的毛茸内里便包裹了碧绿的豆子呈现于眼前。三五粒不等的嫩绿豆粒整齐安卧，犹如安睡在婴儿床上的肥绿婴孩，叫人不忍剥出。

新鲜胡豆最时鲜的吃法，是捏一撮盐放进清水里，待水开煮两三分钟，断生即捞出，过了凉水，盛在白瓷盘里，雪白中一抹翠绿，碧眼的清新与鲜嫩的口感兼得，春天就绽放在了味蕾上。

拈起一粒来细细咀嚼，鲜嫩爽滑的口感里有着田野的气息。想起《社戏》里那个夜晚，一群少年摇着乌篷船，在散戏归来的水面上，偷了正旺相的、绿油油的罗汉豆来吃。那夜晚的水汽及摇橹的声音，飘散回溯在张骞出使的漫漫征途中，也浓缩在眼前这一盘碧翠里。

这是一盘胡豆，也不仅仅是一盘胡豆。

2024 年 5 月 8 日

岭畔山房

土豆不知在什么地方逮了个知了，嘴里叼着趴在草丛里，黑眼睛滴溜溜转，警惕地四下张望，于是，土豆就发出知了声。旁边人说，这是个有本事的猫。

土豆是我同学两口子养的猫，通体雪白，皴染般点了些黑金，让这猫瞬间平添了几分威风，有了一只虎的风度。它也知道自己类虎，走起路来并不安生，不是从木篱笆的空隙里钻进钻出，就是在或黄或白的玫瑰花丛里挤来挤去，或者干脆上到房顶朝花园里俯视，排行老四的主人风范尽显。

朋友说：“你们家四个人，就猫胖。”

同学两口子自小生活在农村，干惯了农活，好不容易考上心仪的学校，辗转求学分配进单位，在城里安家落户、生育子女，临到了知天命之年却生了回农村的心，要在尘土飞扬的农村捣鼓一院庄基，过起小时候厌倦想要逃离的日子来。当然，老家原先的庄院，早已成了平坦坦的大马路，曾有的村庄炊烟也成了记忆中的图景。眼下的村庄，也是别人记忆里的童年。而今不再盲目让住户搬迁，完整的一个村庄便被流转了来，单院独户往外整租。于是，以七〇后、八〇后为主流的，还在记忆深处留存了一丝乡村梦的人，便纷纷在这大同小异的乡村里让梦想生了根，让儿时的院落在自己的眼皮子底下复原——当然，条件要比记忆中的好很多。

同学两口子也是这情怀大军中的两员。放着城里装修得舒适大气的房子不住，要在这沟底坡坎间重寻童年梦。情怀的力量不得不说巨大，一年多的捣鼓，掏空了多年积蓄，才有了这一方安顿情怀的小院。自然，两口子人比猫瘦，加上刚刚大学毕业的女儿也清瘦，于是就被调侃为“四个人里就猫胖”。

原先旧主人的破败院落，成了眼下两进的中式庭院：原木色的高大木门，铁泡钉、红对联，门楣两侧挂起红灯笼，头门屋檐上飞马旗在风里猎猎作响。进得大门来，门口的两间平房，一间被学书法的同学改造成原木装饰的茶室，他常约三五知己喝茶聊天赏画；另一间保留了土炕，装饰了原木色的炕柜，铺了凉席，设置了炕桌，变成了一间让人进门就想卧上去的硕大土炕，似乎只需躺上去，乡村梦就能立马

实现。

两间房的过道，镂空木照壁，隐约透出二门上的草书对联。照壁下，一方小木桌，可熬罐罐茶，可涮小火锅，桌边小竹椅子坐上去就不想起来。黄土色的墙上，蓑草装饰，毛茸茸的“乡村感”扑面而来。

最喜人的还是小院，木篱笆围出一方小型花圃，同学媳妇喜花草，据说当初建院子的最根本想法，是同学为了让媳妇有一片种花草的地方。茉莉、薄荷、凤仙、月季、绣球、大丽花、竹节海棠、铁线莲……正当花时，一丛丛、一簇簇正在院子里炫耀着各色花朵，让人眼花缭乱。小花园正中，青砖墁地，一方木桌，四把椅子，支起了凉伞，仅是看着就觉舒坦惬意。更喜人的是小花园西北角，一棵芭蕉绿意正浓，阔大浓绿的芭蕉叶正是繁茂的时候，伸枝展叶碧着人的眼。

同学媳妇爱花草，走到哪里都格外留意这些蓬勃的小生命。这棵芭蕉原本被人遗弃在路边垃圾堆里，看上去奄奄一息，同学媳妇向来一颗佛心，觉得花花草草也是命，便捡了来，“死草当活草医”，种在了这处角落，一个冬天过去，竟也抽出碧绿的芯来，纤细挺拔的绿卷轴，细弱地立在墙角。同学起了心，有意照拂，不久那绿轴摊展开来，芭蕉扇般的小叶子舒展着，见风就长，一片，两片……原本灰突突的根上，竟也魔术般生出十来根绿轴来，硬生生让同学两口子感慨当初的坑挖小了，担心不够这丛芭蕉施展本事。伏天里闷热，芭蕉伸展出巨大的绿叶，遮挡着它根旁的绣球，一到夜晚，稍有风起，浓绿的芭蕉叶就左右摇摆起来，似有看不见的侍女摇了巨扇送风，草木的气息若有若无地沁入口鼻，院子里便清凉起来。

坐在围满了各色花木的凉伞下，二门的月亮门便圆满成了天上的月亮。白墙青瓦，青灰色瓦当让这个饱满的地上月亮显示出徽派建筑的典雅。门上“自喜轩窗无俗韵，亦知草木有真香”的洒脱草书木刻对联，透露着主人的喜好。月亮门里，东西各有一个耳房，照例是茶房。两房夹峙的青砖过道上，一缸青碧油亮的荷叶圆满挺秀，荷花花期已近尾声，凋败的花朵间冒出满脸疙瘩的莲蓬，莲子还在孕育中，像着急了似的，气鼓鼓地顶着薄薄的绿皮，透着娇憨可爱。另一缸里的一丛，俨然早于那一缸，莲蓬已有雏形，显现着些微的绿褐色，正在走向成熟。有了这两缸荷，耳房也雅致起来。过道里正走着风，荷的清香淡淡地扑鼻而来，心底里凉意纷起。

青砖过道尽头，是一座两层小楼，同样照应了大门的装修，一律原木色，上下两层四间客房，靠了居中楼梯连缀着，隔出另一方安静来。顺着台阶上到二楼，阁楼东西各有一间客房，窗户开着，风使白色窗帘鼓起，送来窗外杨树叶的哗啦啦声。东西对称的布局，让这座小楼透着传统建筑的气息。

两口子给小院取名“岭畔山房”，朴拙中透着乡野之气，倒也贴合。

坐在院子喝夜茶，是一天当中最舒适的时刻。今年的夏天格外热，院子经了日光的毒晒，热烘烘，没有一丝风，到了夜间却不同，三畤塬下的川道紧挨着小漳河，顺着河道就刮起了凉风，风里带着河水的微凉，温润凉爽。泡壶茶，窝在椅子里，被花香簇拥着，刚洗过澡的土豆满身的毛贴在它身上，湿漉漉地在脚下缠磨，夜晚的神仙时光就这样铺展开来。

关中乡村的夜晚，只要不下雨，夜夜都有蓝金丝绒般的夜幕，有点点的繁星。这样的夜晚，最适宜坐在这一方乡野小院中。就是不说话，只静静地坐着，看黑色的促织爬上裙角，听热得高声嘶叫的知了发出一阵高过一阵的鸣叫，促织、纺织娘交织成夜色里的低唱，仅是这样的声响都足以使人沉醉在乡夜里。更不要说切几牙西瓜，拈几个红中透黑的李子，那份清甜让夏夜的睡梦也甜丝丝的。

坐得乏了，舒展舒展身子，拨开门闩，穿过被核桃树罩严的大门，乡野的风带着十足的草木气息扑面相迎，一天的暑气和烦躁便消弭殆尽。背着手往村西头走去。乡村的小路鲜有路灯，夜里也少人行走，偶有夜归的汽车亮着车灯从暗处驶过来，照得眼前方寸之间有些亮光。车子过后，那里依旧黑黢黢的，让原本就白亮的月光反而暗淡下来，朦朦胧胧的。成片的树林成了黑色的暗影，静立不动，远处的三畤塬也起伏成了曲线，庄稼地里，偶有野兔还醒着，被脚步声惊着了，“噌”地一下，便不见了响动。夜色恢复了寂静。

远远地，主干路上橙黄的路灯，洒下一片昏黄，在夜色里格外尽职。路灯杆细长的身影下，似有半大孩子般的黑色身影探出头来，“嗖”地一下，便飞速窜躲到了路对面的蔷薇丛里，还没等揉眼细看，另一个半大黑影紧接着也“嗖”地一下，同样隐没在蔷薇丛里。心下惊疑不定，以为是谁家顽皮的孩子夜里不睡，偷偷背着家长在这荒郊戏耍。可细一想，已经临近子夜，怎会有粗心大意的家长不来寻呢？细细的路灯杆下如何能藏匿了两个半大身影？站定了脚步，心里打起鼓来，想明了这一层，原本就凉爽的身子起了冷意，脚底下拌蒜般往回走，边走边回头，看看那戏耍的一对半大身影是不是还在。直到进了院子，心跳得快要蹦出来，友人问起来，只是摇头，心想再也不在夜里出门朝黑影里走了。

洗把脸，坐回木椅，重新泡一壶茶，压一压惊魂。起风了，月亮门上方，耳房的飞檐下挂着的竹风铃响起不同的和弦来，在这静谧的乡村夜色中格外绵长悦耳。

乡村睡了，土豆也睡了，只有一院的花草还醒着，散发着幽幽的香气。

2022 年 8 月 11 日

农夫夏耘村庄亲

夏季对田野格外慷慨，田野因此丰富起来。

风从树林缝隙刮过，拂过野草，穿过青碧的玉米地，带来丝丝凉意，农民称之为“野风”。满坡满塬的绿，浓浓地画出一道与天际的分界线，宣告着各自的主权。猕猴桃深褐色的果实毛茸茸的，像枝叶间藏了无数的松鼠尾。早玉米已抽出天花，玉米穗吐出鹅黄的须，泛着莹亮的光。芒种时才播种的玉米要矮一些，刚刚与麦茬齐高，在土黄色的麦茬中努力挺拔出一窝窝绿苗。玉米地里有三三两两的农人在间苗，保证一窝里只有一棵壮苗，以便秋里结成牛角似的大棒子。草帽下，汗水在黑红的脸膛上拉成线，像玉米须般透亮。

武功镇洛阳村南边的大片土地新开挖了灌溉渠，埋了崭新的蓝色暗管，预留了灌溉的接头，尽管挖开的土沟还没有合起来，但是眼见着以后的庄稼会有更好的收成。这些新挖的土早已没有了黄土潮湿浓重的气味，干燥的土块在阳光下呈现耀眼的灰白，放眼望去，那些沟渠像是土地布下的暗阵。

远处，有农人在背着药桶打药，一个小孩在地头独自玩耍。走近才发现是个眉目清秀的小男孩，他一下一下伸手抠着灌溉接头里的土块，嘴里念念有词。看我过来，他不好意思地低了头，手抠着鞋帮。我问他："你爷爷打药呢？"他看了我一眼，没有说话。我想了一下，又问："是奶奶在打药呢？"小男孩点点头，笑了起来，说："是奶奶，不是爷爷。"我也笑起来。背着药桶的奶奶打完了南边的这一片，跨过两块地中间的土路，走向头对头的北边地块，"这娃瓜着呢，下午三四点这么热的天，非要跟我来打药，瓜得不嫌热。"说着话，她已经手脚麻利地喷着药水走远了。不远处的地中间，一座小小的坟茔悄无声息地歇在柏树下，水泥墓碑矮矮的，像一位蜷缩着身子的老人。

我坐在地边，鸟儿们大声鸣唱，咕咕、啾啾、嘎嘎、乌噜噜，制造着各种声响。布谷鸟的叫声也夹杂其间，有些口齿不清。一时间，田野成了声音的天堂。一只黄灰色的兔子远远地蹦跳着，不时停下来机警地竖着长长的尖耳四处张望。金色的阳光穿过那对竖起来的尖耳，它们就成了预备出海的帆，发出金子般透亮的光来。发现四周没有动静，它很快低下头啃几口草——我似乎看到它梅花瓣似的嘴巴在急剧嚅动。我屏住呼吸静静坐着，一动不动，尽量不去打扰它进食。它朝着我的方向望了几望，似乎把我当成了一棵树或者一个土堆，于是放下心来，专心吃草。

小暑节气将近，有热气在慢慢蒸腾，田野却有些微的凉意。即将傍晚，太阳隐在三畤塬后，天空仅有一片粉白。不时有农人趁着难得的凉气背着药桶来打药，地头的杂草，地里冒尖的麦青，都到了该清除的时候。地里的人逐渐多了起来。

走在村巷里，村间路旁的核桃树、柿子树上，青绿的果实缀在叶间，似乎羞于见人。线辣椒伸出弯曲的手指，努力指向土地。房前屋后的黄瓜、豇豆、西红柿扯着藤蔓沿着架子肆意生长。举着嫩刺的黄瓜藏在手掌般大小的叶片间，几朵黄花明艳艳开得正盛。嫩豇豆才挺了身子，满架就挂上了高低长短不一的“小蛇”。绿意在村街里蔓延，像是缺乏看守的广场，任由潮水般的人群四处流散。三两农妇立在阴凉处张望着，等待晚归的家人。不一会儿，村巷里就响起了布鞋摩擦地面的吧嗒声，间或一两句“吃了么”的招呼声。有骑着摩托车在外做工的人，车后座驮着一个黑绿花纹的新鲜西瓜，一溜烟“突突突”骑进自家院子。不大工夫，各家院子的灯都亮了起来，昏黄的灯光下，三两人、一张桌，农家夜饭为一天的奔波画上句号。

西边深蓝色的天幕上，长庚星亮了起来，闪闪烁烁，注视着这仲夏的人间。

2021 年 7 月 4 日

秋声

风先于秋到来。

当人们在夏的燥热与嘈杂围困中苦苦挣扎的时候，秋在风的舒缓吹拂中默默潜来，有着春雨般润物无声式的情愫。这时，蝉声依旧响亮，晨起的阳光依旧烘烤得人汗如蚁行，草木依旧浓绿，天空却高远起来。

高远的天空，敞开胸怀，接纳秋风的到来。

秋风带来了各种声音的演出，让秋天的到来隆重而热烈。

秋蝉的鸣唱在这场演出中打头阵。蝉在地底下蛰伏约七年，对地气的变化有着先知般的警觉。立秋一过，早晚的寒凉就有了差别，蝉知道秋已然到来。杨树林里，蝉不甘似的奋力鸣唱。起先是一声孤鸣，带着领唱的气息，仿佛绚丽的演出舞台上一袭长裙的领唱，带起乐队的演奏，宣告演出的开始。紧接着，合唱队成员也不甘示弱，调匀气息，奋力发声，带动起这一带栖息在杨树上的同伴们，一起高扬起合唱的乐声。蝉这一生的追求，不过是在暗黑中噤声，在阳光下鸣唱，它们生来就是行吟歌手，沉默是对此生最大的讥讽和蔑视。于是，当人们还在抱怨天气依旧闷热的时候，自然界的歌手却敏锐地捕捉到了秋意。它们愈发大起声来，那份声腔的共鸣、腹腔的气息齐齐发动起来，似乎要在季节落幕前把积攒了数年的勇气、才华、意愿统统大声地倾吐出来，不吐不快，非唱不可。这拼尽全力的最后也是唯一一曲，是蝉此生最重要的华章，是演出最精彩的高潮。了却此生最紧要的梦想，哪怕拼尽全力，过后尘归尘、土归土，可是，终究来过，终究发出过想要发出的声音，这一生，在命定的使命中实现毕生的梦想，便是完满。

蟋蟀带领的鸣虫乐团是地面上的民间演出方阵。这个朴实的自然乐团，组织起纺织娘、蝼蛄等小体形歌手——华丽的厅堂看上去灯火璀璨，不如草地里的乐团自在率性。这些小体形的歌手发不出蝉那样惊天动地的响声，只在夜间草地上演出一场场小型晚会。尽管白天暑热未退，可到了夜里，夜露浸湿了草，也给它们以天然的润嗓良药。喝足了茅草尖上晶亮的露水，合唱团成员们鸣唱起来。这些草地舞台的主角，尽管声音微弱，高声部、低声部的合唱也不统一——显然，自然乐团缺少指挥来调度——但正是这高低不一的交织，让初来乍到的秋夜感到熨帖。这是多么贴心的邻居啊，不惊扰，不张扬，用微小的声音让秋的气息渐次浓郁起来，让那些还在抱怨炎夏的人惊呼：秋已经来了呀！歌手们要是看得到人们的这一反应，一定会捂着它们尖细的小嘴，互相碰一碰触须，彼此吐槽人们的迟钝。

尽管歌声嘹亮，自然歌手的胆子还是小了些，只要路边、庭院起了脚步声，这些胆小的歌手便会集体噤声，在暗黑的草尖下、潮湿的草根旁，保持沉默——演出虽然中断，安全总是第一。等那些脚步声渐渐远去，乐团的演出就会继续，甚至比中断前更精彩，更卖力。

这样的演出总是持续很长时间，像极了那些在乡间赶着农闲场子到处演出的秦腔自乐班，逢着哪里的红白喜事，就把演出带到哪里，或喜悦或悲伤，在别人的故事里旁观，也在别人的故事里冥想心事、曲诉衷肠。

直到冬悄然来临。

人是走虫，天冷了也会冬藏以避严寒，不得已的时候不会现身。这些自然的秋虫也是这样，在人们的屋檐下、庭院中、庄稼地里，趁着秋夜的凉爽尽力歌唱，让自然的声音成为登堂入室的雅乐正声——是啊，草根的自然乐手，发出的声音入了人们的耳，那便是天籁，值得以正声对待和被尊重。

秋持续了很久，这样的演出也持续了很久。直到农历十月的时候，蟋蟀入我床，促我织冬衣，善意地提醒我入冬了。再往后，蟋蟀在堂，岁聿其莫。登堂入室的蟋蟀们，惶惶然提醒人们，岁月流逝不可追。

风是这场迎秋演奏中的统领。

风在高远的天空中轻轻招手，那些候鸟就知道该起程了。风从树梢掠过，树叶长时间地鼓掌，像是欢迎重要会议的主角来到现场。长时间热烈的鼓掌过后，树们涨红了脸，树们要换装，浓绿变成金黄，翠绿化成火红。风是魔术师，让树们焕新待发；风从庄稼上吹过，牛角般的玉米棒子露出金黄的牙齿，笑盈盈地等待颗粒归仓；风从草尖吹过，茁壮挺拔的草们萎黄了叶尖，吐出一粒粒珍珠般的草籽，要在风的加持下把孩子们送往远方；风吹在人们脸上身上，十月小阳秋，竟有春天般的舒适，秋被风统领着，是号角，是染工，是仓神，是春天。风幻化着一切可能变幻的角色，让秋的登场变得隆重而庄严、热烈而丰富。

可以说，秋声，是秋的前奏，是秋日华章的第一章节。人们从夏的烦热中渐渐挣脱出来，秋的各种声音让人心神愉悦。展展身子，把一身的疲乏抖掉，人们出神地望着更加高远的天空，心道：最好的季节到啦。

于是，陡峭的山间、阔大的原野、不再奔腾的水边，人们从萎顿中焕发出新的光彩，要尽享这短暂的秋日时光。

只是他们没有注意到，是声音带来了秋哟。

2022 年 12 月 11 日

肉桂里的旧光阴

柴米油盐酱醋茶，每个人有自己的生活秩序。于我，茶是排在第一位的。

不论冬夏，一定要喝一泡晨茶，这一天才算是起了头。寒冷的冬季，与一盏热茶最相宜。窗外若焦墨泼洒，星星依稀，半轮薄月斜挂西天，而书房内温煦和暖，水汽缭绕，燃一支藏香，片刻便与天地同游。直喝得额头微汗，浑身通泰。到了酷夏，空调是极少开的。夜半里热醒数次，晨起颇有些颓废，踱进书房，饮一盏白茶或绿茶，瞬间清爽。静坐半日，喝的是热茶，暑气却全无，夜不安睡的疲累也瞬间消弭，执一卷闲书，有丝丝凉意自窗外袭来，着实好日子。

读一阵子闲书，探头看看书房外常来筑巢的马蜂。冬日里的空巢似冬寒时节荷塘里的空莲蓬，棕灰干枯，有着枯山水的意境。夏日里，色泽油亮的蜂巢内外嗡嗡嘤嘤，飞进飞出的壮年马蜂完成某种神秘任务似的忙碌，不禁令人莞尔。逝者如斯夫，在这小小蜂巢里竟成隐喻。

日子就在与茶的相伴里春秋更替。不同的是，茶有变化时，而人总喜把盏独酌，对影成三，看似孤独却不寂寞，颇有些“独钓寒江雪”的意味。

又一个炎夏的清晨，被热醒。想起家中有朋友赠予的马头岩肉桂，翻箱倒柜找出来，竟然还有三小罐，颇有些意料之外的窃喜。肉桂是岩茶，单看名字就让人欢喜，有着人间烟火里的烈火烹油，透着人世的热闹吉祥。曾喝过几回，多少有些不舍，便存了这些来，今日得以有这份意外口福——好物不可尽，也是惜福。

挑盏新盖碗——不能慢待了它。开启，闻香——一如当年初识它的模样：浓烈的烘焙气息，有着人间烟火的味道，更有岩茶坚韧的风骨。好的岩茶不仅有着风骨，更兼具花香，是为“岩骨花香”。每每啜饮这滋味鲜明的岩茶，脑海里总有翩翩士子施施然走过，是屈原，是杜甫，是苏轼，也是鲁迅。那份独特的风骨，喝进去，让人毛孔舒张，精神强健。喝着茶，也长足了精神气。

喝岩茶，喝的是风骨，或许这才是我当初珍藏它的原因。

总是喝熟普洱茶的时候多一些。莫名喜欢熟普洱茶安稳、内敛的气息，有人到中年的散淡，以及万物不争、独立不群的气质，那份安宁平和，一如兵荒马乱的人世间稀缺的现世安稳。而肉桂里，惊艳、浓烈的气息，却是平淡生活中的一见钟情，透着年少轻狂的躁动明艳和全然无悔的勇往直前，一如再也找不回的少年初恋。或许正因为找不回，才有了这份永存心底的悸动。

找不回的不仅是指缝漏下的旧时光，还有当初对花花草草的挚爱。年少时，审美里有唐人之风，甚爱牡丹，那副花开时节的雍容华贵模样，让人不禁动容。步入中年，格外留意起那些有着荼蘼心事、开着细碎花朵的植物来：初春微寒的细雨里，绛红细长的红叶李枝叶间，粉白细密的李花，一树灿若云霞，又似月下美人的粉颊；到了五月，堆堆叠叠淡黄的女贞，使人沉醉在暮春的香阵里；八月里，最好的自然是桂花，丹桂与金桂都好，小山重叠金明灭，堆出一树树藏玉夹金，香气是这时候顶要紧的，一树花开，行人发丝衣襟都是香的。花朵细碎的植物，香气却浓郁。少年时偶遇的国色牡丹，花开时节动京城，花开后却是朱颜辞镜，尤其一场雨后，寂寞萎红低向雨，离披破艳散随风，直教人夜惜衰红把火看，多少有些无可奈何的惆怅，不如细小的花朵来得朴实。苔花如米，却也默默地惊天动地，连凋零都透着决绝。

后来才知，喜欢散淡，是内心里沉静的缘故。好友打趣

说，这是初老的标志。是啊，半生已过，已然初老。转念一想，尽管淡纹悄现眼尾，而骨子里，却依然有颗少年心。依然会伤春悲秋，依然会感时花溅泪。人生半世，归来少年，活的是对待老去的勇气。

肉桂依然得在清晨喝。沉睡一夜，神思混沌，总觉天地又新开了一回。书房里，一人独坐，静静地烧水、温壶、闷泡、出汤，每一个步骤都让人心沉如水。喝茶本就喝的是心境，心绪平和，才能素手烹香茶。独特的岩茶气息弥漫开来，让人精神一振。清人袁枚在《随园食单》中这样说岩茶："清芬扑鼻，舌有余甘，一杯之后，再试一二杯，令人释躁平矜，怡情悦性。始觉龙井虽清而味薄矣，阳羡虽佳而韵逊矣。"

三泡过后，身在书房，却如独坐山野，俯视山林。头顶白云苍狗，腋下清风习习，乘物游心，高楼大厦里依旧可以暂作逍遥游。这滋味，犹如端坐鲲之背，也如俯负鹏之翼，只觉天地之间有浩然之气穿过胸间，荡荡乎，天朗气清。

马头岩据说在武夷山，是爱茶之人此生必去的圣地，可惜至今还没有去过。没去过的地方有很多，能藏刻于心底的不多，这里面一定有武夷山、苏州和西藏。马头岩就在武夷山里，形似马头，是一个"莓苔深锁疑毛长，雾雨长蒸若汗流"的地方，这样的地方，是出产好茶的天然之地。好茶的标准因人而异，如同判别好人一样复杂。我的标准简单，比如好喝，比如独特，比如不那么香。说来奇怪，赏花的时候，喜欢细小而香气足的，到了喝茶这里，却喜欢个性分明些的，审美的复杂性可见一斑。

水是茶之母。陆羽说：“山水上，江水中，井水下。”远离山野，井水无处可寻，数次试泡，某某山泉最接近泉水之味，能让茶在水中充分还原。便定下这款泉水，作为常用之水。

水面上滚起微纹，便可提壶洗茶。惯用提梁白泥壶煮水，水的洁净与壶的清白，仅是看着就心生清爽，犹如新雪飘落之夜，身后一串串歪歪扭扭的脚印，也如春野踏青，柳枝上雀舌般的新芽。热壶冷茶，沉寂的肉桂就在这热气腾腾间被唤醒，是为醒茶。一注水轻旋而下，快速析出，岩茶筋骨舒朗的气息，就在鼻间冲撞，像少年初遇暗恋的小鹿撞心，也如不期而遇的一见钟情，有着意料之外的惊喜。

偶读太史公《史记》，《刺客列传》里印象最深的是刺客豫让。一心为主报仇的义士豫让，数次改装易形，连妻子也认不出来；几次刺杀仇家报仇未果，仍不肯更改初衷，为的是“士为知己者死”的知遇图报，行的是侠士的不贰忠心。每喝肉桂，总想起豫让，分明是那份为侠的忠义鲜明，隔着远年的时空，化在肉桂茶汤里。侠士是侠肝义胆的侠士，岩茶是筋骨分明的岩茶，二者都个性鲜明，不卑不亢，赤胆忠心又张扬痛快，透着洒脱无羁。好茶遇到欣赏它的人，犹如壮士愿意图报知遇之恩。

在这味觉的兵强马壮里，独坐缭绕的香气中，远方不远，过往千年。

喝罢茶，粗壮深褐的茶叶在洁白的盖碗里横陈，湿润的条索，根根舒缓，复还当年在茶镬里的旧时光。当年青翠的嫩叶，是少女纤长的柔指在春风遍野的茶山上，蜻蜓点水般采摘了来，在少年情郎的背篼里奔赴烟火灶间，老农黝黑粗涩的大手在铁镬里杀青，才有了这一盏人在草木间的享受。水与叶在唤醒与煎熬里彼此成全，让一瓯鲜明浓酽的茶汤使得饮者留其名。此刻，万千缠绕复还当初的模样，也只是形似，而茶已不是当年的茶。当年的茶是人中少年，自是一番风流倜傥、羽扇白衣，如今，已然步入中年，有着中年人的内敛沉稳，却不失少年心性，哪怕只余条索，也是紧致盎然，不输一段风情雅致、眉清目秀。

挑了粗细匀称、身形顺溜的，在茶台上摆出一个“茶”字，茶气氤氲，思绪也跟着袅袅，让茶和“茶”字陪在身前身后。留得生前身后名，也算不负。

喝到好茶，依然是想流泪的感觉，为着这份独特的悸动、茶的身世里那一段因缘际会，以及茶台上的相逢。

这一刻，茶是我，我亦为茶。

2021 年 10 月 21 日

橡子

“扑通”一声，一颗腰鼓样椭圆新鲜的橡子，落进橡树脚下的灌木丛中。此时，丛林茂盛，四野静谧，这突如其来的声响，制造出有人从高处猝不及防地跌落下来般的响动，在静寂的山林中，显得格外喧闹——小小的身躯，落地竟有这样大的动静，不由得惊人一跳。

暂居树上的橡子们，隐匿在高大繁密的枝叶间，裂开毛扎扎的外壳，俏皮地露出深褐色的新鲜果实。等待一阵风过，那些已经落地的果实，温柔安静地躺在雨后湿润的泥土枯叶间，在草木落叶的掩盖下，依偎在大地的胸膛上，睡着了的新生儿般安然。

拾起一把带壳的橡果，手里便蜷缩着一整个秋天。它们那毛茸茸的刺壳已经变得柔软，绽裂的三角形顶端裸露出鲜褐色的果实，让秋天的礼物如此饱满直观。

初秋的傍晚，山野寂静，岚气漫溢，满山葱郁中，偶有清浅的微黄点缀，如山峦上系了美丽的领结。秋虫唧唧，低声吟唱，和着偶尔的蝉鸣，提醒着一个季节的结束和另一个季节的开始。这样的季节交替，犹如西人皇宫门口当值卫兵交接，注目、敬礼、上哨，分明且干脆利落。这样的季节交替，对于草木山川来说，是开始，也是结束。

入了秋，夜便早早张挂起来，深蓝幕布般笼在人家屋顶、草木山头，也笼在人的心上，有些雾蒙蒙、湿润润的，使人身心清爽沁凉，有着珠玉的触感。这样的傍晚，最适宜山间走走。湿润的空气里，草木微微发出新割青草的清香，夹杂着其他植物或清甜或微苦的丝缕香味，杂糅成一种复杂而浓郁的山野之气，深深地吸一口，这种气息便溢满胸膛，人也为之一振，似树木般要挺一挺身子。

深山褶皱里，几点微黄的光渐次点亮，像青色山脊线上几只明亮的眼睛，默默注视着这季节变换的人间。不到阴历十五，月有些许缺角，饱满中留有丝缕缺憾，似乎在等待什么。即便如此，月光依然明亮，照耀得大地一片雪亮，看得清远山近树的黛青色轮廓。漫步山林，接近于满月的月亮镶嵌在树梢或枝杈间，就在头顶般，看得清月宫里桂树的形状。这样明亮的照耀，连带着山间葱茏的树影也影影绰绰起来，朦朦胧胧的，似满地的清梦。秋天就这样明晃晃又悄无声息地落在地上，抬脚便是秋风满地。

行走村巷，秋意便落在行走的步履间，人也恬淡安静起来。山峦带着水汽，包裹着山村连绵的村舍。田野黑黢黢的，沉默在山坳里，巨大的山的暗影掩起一地即将成熟的庄稼，似乎有意要收敛起成熟的气息。远山近树，纳藏起夏日的张扬，向秋的散淡清凉过渡，于是，人们便早早安歇下来，静享这难得的舒爽，释放连日来的疲惫与烦躁。有村妇大声吆喝着孩子，拴在门前核桃树下的狗也跟着吠起来，这寂静便被撕开一个又一个口子，不过，很快就安静下来，那浓重的蓝色幕布便又拉上了，等待新的演出开始。

新的演出？明天又是一个新的开始，一个新的秋天的开始。

“扑通”的一声，又有一颗橡子裂开毛茸茸的刺壳回到大地的怀抱。哦，那腰鼓样的橡子，是大地即将开启庆祝的鼓点。

2023 年 8 月 29 日

窝冬闲趣

冬天最适宜窝冬。

想想，“窝”这个字本身就透着淡淡的慵懒，在暖暖和和里安然地窝起来，度过一个寒冷萧瑟的冬天。这样的谋划，让“窝”这个字既有了名词本身的象形意味，也有着动词意味的安闲舒适，更意味着身心的休整与修复，蕴藏着无尽的向往和期待。于是，一个看似普通的字，竟有了一丝丝雪夜归人眼中昏黄灯光的暖意。想想，天寒地冻，鸟兽冬眠，树木也脱尽金黄，万物纳藏起春秋鼎盛。

这份天意对应于人，便是减少活动，身静心闲，在时序的更迭里天人合一，与天地同步调同节奏，这才是度过寒冬最浪漫的方式。

而窝冬最好的活动，莫过于围炉煮茶。

阳光煦暖也好，雨雪霏霏也好，窝居一隅，丝缕茶香氤氲，连空气都充满安心的味道，这样的日子便是好日子，无关阴晴。

洗好的茶（照例是熟普），配以上好陈皮、几粒枣（那种小而椭圆又颜色艳丽的枣，有着深沉浑实的红，一如中年人的沉稳），一并放进铁壶里熬煮。炉丝一圈圈渐次明红，像城市里傍晚时分逐渐点亮的路灯，散发出温暖人心的光。铁壶慢慢滚烫，在水由凉转温继而慢慢滚开的声音变化中，安静酝酿一场味觉与嗅觉的散发。这时候，正午的阳光正浓，透过干净的玻璃窗照射进来，在小阳台投下斑驳的阴影或阳光，那随意切割的形状便散落在小小的天地里，于寂阒中，一切安然而祥和，静静坐着，发发呆，就足以熨帖整日奔波的身心。

咕嘟咕嘟，细细的水浪鱼群吐泡泡般发出绵密温和的声响，像爱人在耳边轻语，又像春日的微风拂过脸颊，轻轻的、柔柔的，松软和暖，叫人心思沉静。慢慢地，水蒸气冒上来，沿着铁壶嘴噗噗地吹气，一下一下，像一个人哈着手走在冬日深雪过膝的老林里。白烟袅袅，铁壶咕嘟，这场景、这声音暖进心底最深处，让人沉溺无法自拔。

小火，慢煮，一支檀香轻烟袅娜。心绪平和，指尖温柔，不知怎么就想起句子“轻拢慢捻抹复挑”。茶与人此刻的舒缓松弛、相互照应，俨然歌女指尖下乐曲初启时的轻柔舒缓，也如一场盛大的演出大幕拉开时的期待与热切。同样的，这一泡茶里，也有着熟识，有着惯常，尽管未曾生发，却已是过往再现，犹如那一场司马青衫的江上偶遇，一曲未弹，只几抹轻拢慢捻，便已然是荡人心绪，泪珠盈睫，有着知己重逢般的情切切。

此刻又何尝不是呢？铁壶里散逸出熟普和红枣的清香，柔软细腻，和着任意形状的淡淡蓝烟，于无声无息中成就时间深处的无言懂得。隔着千年的时光，似乎格外懂得那一次同为沦落人的偶遇，成就了大珠小珠落玉盘的佳篇，也成就了知音相遇的懂得。这份懂得，非经岁月历练而无以成。就像所有的顿悟不过是阅历的累积于转瞬间清醒，岁月淘洗的，往往是本该弃于生命本真之外的物役与劳形，那些无端加诸与逐末追求，与此刻的一杯茶相比，原来如此轻飘，又如此虚无，仿佛泰山之于鸿毛，又仿佛一杯茶之于漫长的时间长河。

琥珀色的茶汤，带着混合的香气，热腾腾斟在锤目纹玻璃杯里，褐色的茶汤，隐约有着美人半遮面的神秘，也有着月下佳人的风姿，多年的熟识在这一刻又回归生疏——和上一次的这一刻，又是多么不同啊。原来，相似的只是场景，不同的往往是心境。

茶汤入口的那一刻，期待与生发，熟悉与陌生，并蓄于一杯，挑起味蕾的好奇与欢喜，所有的懂得与知晓，都在内心深处的一声喟叹中完成。仿佛歌者那一声声浅吟低唱，初为《霓裳》后《六幺》。于是，这一刻便是幸福的。

阳光安暖，桌上漾满光线的温热，半炷檀香袅娜。那些橙色的、碧绿的、鲜红的果都在阳光里沐浴，只是看着，就已是香气满怀。

持杯在手，杯中物的温热徐徐透过掌心，沿着掌心轻轻游走，直抵内心。这一刻，闲放不拘，怡适自得，虽一隅之内，却化作北冥之鱼作逍遥游。

2023 年 12 月 2 日

饮食人间

食色本性。欢喜人间，或许是欢喜那遍布山河的各色饮食。

西吴包子

昨晨，因事与一行友人专程路过兴平西吴镇，但因友人提及“西吴包子”享有盛名，心下纳闷：包子不都一样吗，有何出众之处？

西吴镇概因清时曾有大户人士姓吴且位置偏西得名，现已改称西吴街道，老兴平人及周边人士依然沿用旧称西吴镇。

据说西吴街道有三家包子不分伯仲，去了其中一家友人推荐的店。简易钢瓦房，遮不住门口蒸包子笼屉的滚滚蒸汽，要进入店里非要从蒸屉旁穿行不可，于是就有了腾云驾雾之感。店内陈设简单，铺着塑料布的长条桌由几张短桌拼就，长条凳圈围起，三五人一桌，一不留神就会伸手夹走邻客的包子。

正是早饭时，店内已是人满。好在店家只卖包子，别无他食，一桌桌倒也轮流坐庄，无须等待。报七笼，荤素搭配，自取料汁，开吃。只见缭绕蒸汽中，雪白的包子一个个肤凝胜雪，憨卧在小蒸笼里。左右手倒换着拈起一个，吹气轻咬一小口。若是素馅，则满目春色：韭菜豆腐粉条香气充盈饱满；茄子辣椒则绵软微辣，温柔的茄子与微辣的青椒，犹如一对青春恋人，浓情蜜意有之，偶生嫌隙有之，混合在一起，热恋的味道就在口腔里冲撞纠缠。要是拈到了肉馅，细密的肉香佐以油汤暗流，则又是另一番富足的享受。

一不留神，还没来得及灌料汁，一个包子就下了肚。再看门口的笼屉，依旧蒸汽缭绕。再拈一个入口，赛神仙。

包子之妙，在于皮和馅的各自分工，在于包罗万象，无所不能容。柔韧筋道的面皮，配以变化多端的馅料，才有了包子的丰富可人。如同这世间男女搭配，男人有男人的职责，女人有女人的分工，如此，才能阴阳平衡，有滋有味。而无所不能包容，则体现了有容乃大的哲学意味，能容才能有量，有量才能并蓄，犹如中西文化的交融、渗透，相互吸收。从不见两座高山并行会互有损耗，只是并长，一如孔子和老子两位圣贤的相见，注定是一段传奇并深远地影响着中国文化。

余秋雨先生认为，配称文化极品的有三样，书法、昆曲、普洱茶。我看还得算上西吴包子。

2022 年 2 月 20 日

陕北羊杂汤

来过几次延安，都没有这次完满。

一大早，铅色的天空冷着脸，酝酿着雪意，空气中寒意弥漫。临近晌午，雪花纷纷扬扬飘洒而来，越下越大，不远处的山峦草色见衰，已有一丝薄白。

身处陕北，又逢下雪，不禁想起路遥《平凡的世界》中那个含义丰富的开头。只是此时季节向冬，小说中的世界大幕在初春开启。处在季节两头，雪花却一样坐不住。

陕北话归音靠后，后鼻音浓重，听上去淳朴可靠，他乡里有着故乡的贴切，不由得让人心生好感。问起浴室的吹风机怎么不能用，酒店服务员大姐快人快语，一口浓重的陕北话："都是挂在墙上的，五分钟后得歇一哈。"说着拿起来亲手示范，果然热气嗡嗡。想起她初敲门，我说加条裤子，她推门而入，一边进一边说：“额（我）也是个女的，怕个甚！”

午饭羊杂汤，煎滚滚一碗羊杂汤端上来，冒着热气，盖着碧绿的香菜末，像顶着个绿髻的俏丫头。搁了辣椒、撒了红葱的肉汤浓香扑鼻，喝起来鲜香和暖，让人仿佛置身冬日暖阳下，又如身处寒冬温室，碎雪飞扬中积起的轻寒瞬间消弭。汤里各种羊内脏切碎了混煮在一起，口感丰富耐嚼，肚丝的柔脆、羊血的柔韧、羊头肉的软糯在嘴里东奔西走，一会儿脆软筋道，一会儿柔软细腻，再配以汤色浓白、鲜香浓郁的羊肉底汤，方寸之间，便混合起一腔游牧民族的马背风情来。

想起十多年前来陕北的经历。那一次是去榆林清涧采访当地红枣产业，夜宿清涧，晨起按照当地人的饮食习惯，一行十几人去街头小店吃羊杂汤。店主是位胖胖的大嫂，大家报过所需之后便找座位坐定。不几分钟，一声浓重的后鼻音陕北话劈空而来：“谁是杂碎？”我们个个面面相觑，互相看着不知所云。胖大嫂吼过两声，见无人应答，又出来喊了一声：“谁是头肉？”我们依旧坐着等待。早上店里食客攘攘，只听一片咀嚼吞咽之声，胖大嫂的声音如此穿梭往复之后，再不吭声。我们一行人枯坐着等了大约二十分钟，带队终于忍不住了，催问胖大嫂：“怎么还不见给我们上饭食，着急赶路。”胖大嫂说：“你们点的甚？”报过之后，大嫂猛地提高音量，说：“那我刚才喊了那么多遍，你们咋都悄悄地？”我们这才反应上来，大家不禁哄然而笑。

喝羊杂汤要配油旋。戴着眼镜制作油旋的陕北老者，头脸光洁，衣着干净，有着旧时文人的清雅，和混合了肉香的店面颇不相称，却也是情理之中：做饮食么，干净是第一位的。老者手脚麻利地把一块软面团擀成薄如纸片的窄窄长条，再用手蘸了油正反两面抹匀卷成团，反复几回，揉成金黄的饼坯，放进生着明火的烤炉醒着。据说原来是炭火炉，现在环保要求改了气炉，但依旧明火。火上搁铁鏊子，让饼坯发一会儿，直至有了些许火色，再放入铁鏊下的明火炉里烤熟。烤熟的饼子两面金黄焦脆，皮酥掉渣，瓤鲜暄软，趁着热乎一切四块。咬一口下去，麦面的清香、菜油的油香、淡淡的葱香轰然而来，口里一瞬间电闪雷鸣，热闹成了过年，让人荤素不分。那份满足，不亲尝无以体会。

一口羊杂，一口热汤，就一口油旋，回想起酒店里急脾气却亲和的服务员大姐，不禁会心一笑，暖意直上心头。

隔着水汽朦胧的店门，远处的山峦已有些许素白，喝下最后一口热汤，舒坦通泰，想吼一嗓子《圪塄塄里走》……

2021 年 11 月 20 日

秋日食蟹

秋风起的时候，最宜泡熟普、焚桂花香、持螯把酒，有明月清风与我同在之感。

壬寅国庆，因腿疾居家，恰逢秋雨绵绵，整日里薄雾清雨，无上清凉。偶得几只螃蟹，被苇草捆了个结结实实，圆鼓鼓的眼睛时突时陷，颇有些不甘命运摆布的挣扎。我食河鲜海鲜，喜啖原味，清水蒸煮即可，浓油赤酱或姜醋汁反倒掩了其鲜香原味。

这时的蟹，个头已是饱满硕大，拿在手里沉甸甸的。清蒸来吃，口感最好。时值农历九月，正是母蟹黄膏丰腴之时，蟹黄金灿灿的，有着富贵吉祥的金玉满堂，嗦一口，鲜掉眉毛般让人心头一颤。腿肉正肥，剪开脆硬的壳，满壳的肉莹白细腻，筋道鲜香，入口回甘。西北人食蟹，嫌麻烦，一点点从壳里剔肉，不如大碗的油泼面干脆爽利。

我头一次吃蟹，源于近乎二十年前在上海的政务采访活动。偶与领导同席，多半桌官员，自然以谈话、敬酒为主，让我这等没有入仕抱负的闲散人士捡了便宜，大龙虾、肥螃蟹及各色叫不上名儿的河鲜海鲜，正好开开眼也满足味蕾。那是第一次食蟹，看着这个满是腿爪、瞪着眼睛的家伙不知如何下手，琢磨一会儿，竟然逐一破解，若不是怕席面难看，最后一只黄澄澄的大螃蟹也会入我的肚腹。多年前，形容某人敢于创新，则常用“第一个吃螃蟹的人”，在我看来，第一次吃螃蟹也没那么难。

此后很长时间，大西北才逐步有了河鲜海鲜的影子，先是冰冻货，后来发展到空运鲜食。尤其是近几年，新鲜河鲜海鲜更如萝卜白菜般普遍。于是，秋风起时我就惦记着啖几只蟹，否则秋天便如白白浪费掉一般，不得劲。

螃蟹可能是河鲜海鲜里最具文化符号的那个，持螯把酒，赏菊论诗，想想就文气十足，难怪惹得因吃蟹而吃出了名气的东晋毕卓，右手持酒杯，左手持蟹螯，要“拍浮酒船中，便足了一生矣”。

食蟹，缓缓地才好。有如春日里，寄去远方的盼归书信，心头着急是真着急，但是，“陌上花开，可缓缓归矣”的那份舒缓里，有着令人莞尔的懂得。蒸熟的螃蟹，亦缓缓食之才有兴味。

蒸锅里，一锅青碧的团脐转眼通体橙黄，热气袅袅间散发着诱人的香味。洗净双手，掰掉腿和螯，揭开腹壳，蟹黄在肚腹之间盈满，黄澄澄起沙出油，细细嗦一口，咸、鲜、油、香，有魂魄飞天之感。肚腹里的肉，则充盈薄壁，一点点剔出，好似壳中探宝，方寸之间的找寻乐趣让人兴味盎然。随壳赋形的蟹腿肉，束帛般一簇簇隐藏壳内，泛着白玉般的光。随园主人说食蟹要自剥自食为妙，果然古人诚不欺我。

同是秋风秋雨的日子，想起偶读《世说新语》里西晋张翰的故事。他在首都洛阳调任齐王的东曹属官，因见秋风起，乃思吴中菰菜羹、鲈鱼脍，说道：“人生贵得适意尔，何能羁宦数千里以要名爵？”于是，坐上马车“裸辞”，回老家过莼鲈之思的瘾去了。这样的率性，只在古书中得见，如今物流发达，不需要辞职，过过螃蟹瘾还是可以的。

食毕，把玩蟹壳，发现每只蟹壳上皆有笑脸一张，有一只最为生动：绿豆粒大小的双眼对称而生，一道上翘的弧线两端临近豆眼，点线绘出一张喜庆的笑脸。莫不是笑脸和尚变得这一只？这时候，手也舍不得洗，指头上满是蟹的香气，嗅一嗅，湖海的气息充盈弥散，孤帆远影，水波荡漾，听得到浪打岸堤的声音。

心满意足地吃完第四只，看着桌上一如原状的笑脸壳，净手继续读书，有潮平两岸阔之感。

2022年10月2日

第三章

既见君子

南望故地终不归

南望故地终不归。

我要用尽毕生的情感为你写一首诗，只属于你的史诗。

——题记

大房子

这一刻，我站在密密雨幕笼罩的稻田里，泪流满面。

白岩河水哗哗地向东流去，在水雾的笼罩中翻滚起碧绿的水沫，即将深秋的山野便荡起震耳的涛声。河岸上，那些白墙青瓦的人字形屋顶高低错落，收获后的水田里金黄的稻草垛静默无言，伸手可及的秦岭连绵起伏。大雨中，江南水乡般的烟雨布满天地，一如我脑海里的波涛汹涌。

汉中市南郑区新田村一组，是我此刻站立的地方，是我半生想要探寻的地方，也是我隔着九十五年的时空，想要永久记住的地方。我站立在田埂上，雨水冲刷着田边的泥土，如无数条蚯蚓飞快地爬向低处，密密斜斜的雨线打湿了我的裤脚，更打湿了我记忆深处一段情感的回忆……

我来这里，是来探寻我婆的痕迹。

婆叫李素芳，出生在眼前这个水乡山村新田村。新田村地处南郑区深处，离光雾山不足三十公里。敲下“李素芳”这个名字的时候，心里涌起莫名的陌生和敬畏。这个名字因着严格的家教，曾使我讳莫如深，曾被“婆”这个称呼长时间取代，甚至很长时间我都不知道婆是有着名字的。而此刻，我要写下它，我得告诉我的儿孙，他们的曾祖母、曾曾祖母叫李素芳，这个名字值得铭记。

一九二七年农历五月，也许正是漫山花开的时候，那个有着陕南山水般灵秀、花朵般芬芳的美丽女子，闺名里就有了一个“芳”字。那个素净的南郑女子，从遇到她命中的那个人起，就再也没能在这恍如画乡的地方安静地生活过，而是把一生的美丽、勤劳、善良永远地留在了她做梦都不曾幻想过的关中之地，用一个陕南女子的隐忍、勤苦改写了一个普通关中人家的家族命运。而她，只是在很年轻的时候拖带着一大群孩子回来过两三次，却再也没有听一听白岩河的水声，闻一闻田畈里稻子的香气。而在弥留之际，那一遍遍嘶哑着嗓子时高时低的含混呼唤里，一直伴随着清晰而坚定的“回家”“回家”的呢喃……

沿着导航提示的路线，在新田村一组一户人家屋檐下，正在闲聊的周德胜老人在短暂回忆之后告诉我，他和我婆就住在一个院子，可以带我去看看老房子。

雨慢慢大了，我在水汽迷蒙中找到了婆的娘家的旧址。这是一处依山傍水的地方，典型的秦巴山区地貌。婆的娘家老屋背后是当地人叫作公坡梁的土山，山脊线曲线分明，环绕着这个不大却房屋四散的村庄。土山满目苍翠，云雾缭绕。老屋门前是齐整漂亮的水田，水田往南，跨过新修的柏油路，就是清澈碧绿的白岩河，不远处秦岭连绵。当然，近百年之前这条路还不是柏油路，只可能是一条尘土飞扬的乡间土路。泥泞的土路上，是否也曾重叠着婆九十五年前的足印？湿滑的泥水里，是否有过她远年未散的体温？

七十多岁的周德胜老人告诉我，他比我婆大一岁，从解放那年搬来，就和我婆住一个院子。陕南人其实是没有院子的，打开门就是水田或者菜地，要说院子，充其量也不过是门前一小片地坪，没有关中常见的大门和有着高高围墙的庭院。

这样特殊的布局，让两家从外观看上去更像一家，只是房屋的错落和两家之间仅容一人通过的小路，让两家看上去稍有区别。周德胜老人说，婆年轻时长得好看，很会说话，又勤快，插秧、割稻、扯豆子，样样干得来，大家都喜欢她。后来远嫁到关中，就见得少了。他回忆道：在老太婆（婆的母亲）去世前回来过一次，转过年老太婆去世回来奔丧，再好像没回来过。最后一次回来，带着一大家子人，“前头的屋子住不下，还在我家屋头住了几夜”。

是啊，这个美丽、勤快的陕南女子，除了屈指可数的几次回娘家之外，一生的岁月都在关中度过，她思乡的心绪有几人懂得？又有谁来排解？我蓦地想起，在最后的十数年里，我婆总是在病中。谁也没告诉我我婆得的到底是什么病，那种一发作就歇斯底里的病症，是否源于一生都无法治愈的思乡之痛？在那样一个交通不便、往来艰难的年代，远嫁女子的归宁是否是治愈隐疾的良药？我不得而知，却似乎又知晓了什么。

我站在这个曾经有着大房子的地方，注视着满是核桃树、榉树、银杏树和各种灌木野草的荒地，在想象里还原着曾有的繁荣。

我婆有五个兄弟姐妹，直到今天，所有的兄弟姐妹都已离开人世，包括我那个叫李厚新的亲舅爷，也在这个人世化为一缕青烟。这位舅爷是我婆六姐弟中最有出息的一个，作为国民党军官，他一生有着怎样的传奇经历我不得而知，只知道我曾注视着的这个地方在他的兴修之下，曾东西各开两个大门，门楼都有十来米之高，那些骑着高头大马戎装的骑兵不用低头就可以直接进到院子里。那是怎样的一段风光岁月？周德胜老人说，没有院子的新田村人，第一次在婆的娘家见到了院子，见到了高耸的门楼、神气的骑兵，甚至他们每天出入都要经过周德胜家的地坪。而眼前，那个曾经辉煌的门楼早已不知去向，地坪里除了一小座被各种柱子支撑着不至于倾塌的小土房，以及小土房门前的鸡埘，再无任何痕迹，而那想象中的高大房屋也被种满了玉米的土地取代。透过残存的土房窗户，依稀看得见阁楼里的稻草，那个黑洞洞的似乎是门的地方，如今也只余一方虚空。隔着遍地杂草，我探寻着往里张望。这个像大张着的嘴巴一样的门洞在这个深秋的下午显得神秘莫测，一如乡间常见的高龄老妇，张着掉光了牙齿的、空落落的嘴巴沉默，把一生的伤痛欢喜都长久地封存，那曾经的过往便从此永成绝密。

我长久地徘徊在这曾经的院子里，注视着房前高大的榉树、芭蕉树。屋后茂盛的竹林是否曾经见证过这个大家庭的兴衰？是否看见过婆曾有的美丽？那房前屋后的一缕清风是否吹拂过婆的发丝？我发出轻轻的追问，却只有一声长长的叹息，化在浓稠的雨雾里，铺洒在我的脸颊上，令我分不清是雨水还是泪水。

摇摇欲坠的土房子，呈现着晴天水田里的泥色，泛着冰冷的灰。外墙的土看上去支撑了很久，虚弱易碎，仿佛只需轻轻一点就能倒塌。只有我舅爷亲手栽下的榉树依然坚挺，树干坚硬，青苔覆身，用巨大的树冠见证着这座院子曾有的繁华。

我的舅爷李厚新，用周德胜老人的话来说就是“人家是个很有本事的人，有文化，人很精干”。新中国成立后，政府为舅爷平反，舅爷度过了一段相对平静的时光，跟随舅爷一生戎马奔波的美丽舅奶无法生育，两人一生无儿无女，留下一个无从追忆的过往和一段扑朔的家族传说。如今，我的李厚新舅爷就埋在茂盛竹林后的公坡梁上一个叫左家崖的地方，只有苍茫崖坡做伴，清风相陪。

我问周德胜老人：“李厚新舅爷和我婆哪个大？”他极力思考之后，摇摇头，一副说不清的表情。我再问他：“我和我婆像不像？”他脖子一梗，端详了一下，点点头说：“像，真像，简直是一个模样。”

大户人家

婆识字。

我在很小的时候就知道，婆识字。我六岁那年，还在学前班拼读蝌蚪般的拼音，婆就让我在裁得整整齐齐的黄纸上抄佛经。作为奖励，婆在我每抄满一页纸后就会喂给我一口炒面。

炒面是用新麦面细细地用文火焙炒而成的，看上去颜色发暗，吃到嘴里却奇香，是那种混合着粮食和香油的香。婆这时候会纳着鞋底，或者打袼褙。阴雨天，婆纳鞋底；遇到晴天，就打袼褙。打袼褙就是把一层层从旧床单或者旧衣服上扯下来的布条，用面粉煮成的糨糊一层层刷平展，晾干以后再在这厚厚的硬布板上，用粉笔画出鞋样或者袜底样，覆上白粗布，就可以纳成鞋底或袜底了。用木板样的硬袼褙纳成的鞋底或袜底却越穿越软和，随脚，还很吸汗耐穿。家里大大小小十几口人的鞋底和袜底，就是婆在农闲及饭做好后的空隙纳的。婆手上活不停，眼睛却总瞅着我写字。偶尔我说个让她发笑的话，她会停下手上的活，跟我一起笑起来。有时候是她刚喂了我一口炒面，随口说了一句什么，我没忍住“扑哧”一声，炒面就会喷她一脸，那纷纷扬扬的炒面，像冬日里的初雪，撒得满纸都是，为这个，我们婆孙俩少不了再笑一回。

婆那时候就给我说，字要端正，要好看，这是人的脸面。每当我抄满一页纸，她就会停下手中的活，拿过本子检查一番。写错或写歪的字，婆会让我在旁边补上。那个时候

我知道了，婆是认得那些字的。对于我，那些一个个彼此不同的字只是我照猫画虎描摹上去而已，婆却认为我写得好。后来我上学了，字写得总是受到老师表扬，或许跟学前这段经历有关。

婆出生在一个大户人家，家里有着上好的水田，在汉中有着银号。婆的父亲是个开明的地主，给婆及她的兄弟姐妹们请了私塾先生上课，所以婆是她那个年纪人里少数识文断字的。婆的好日子，在婆的亲娘去世以后就结束了。那时候，婆还是一个待嫁的女子。婆的父亲后来新纳了一房，继母有了自己的孩子后，就不再喜欢婆。

解放前，国民党四处抓壮丁，爷爷为了躲壮丁跑到了汉中。打得一手好算盘的爷爷在外曾祖父的银号里当伙计，高大英俊的样貌加上一手好手艺，深得婆的父亲喜爱，于是，外曾祖父就把婆许配给了年长婆四岁的爷爷。在我父亲三岁那年，爷爷带着婆及姑姑、父亲回到了关中，也就是我后来生长的张家岗村。就这样，婆远嫁到了关中。

数年前，我曾在一本发黄的相册里，看到过爷和婆的婚纱照。照片里，帅气的爷爷穿着长袍马褂，戴着西式的礼帽；婆穿着曳地的婚纱，头纱下是鹅蛋脸、大眼睛的清秀面庞。虽然脸颊上的腮红是人工涂上去的，但是小小的相片依然掩不住二人青春的美貌和初婚的羞涩幸福。

对于一个出生在旧时代的闺阁女子来说，尽管接受了文化上的教育，能够走出去看到的世界毕竟有限。或许，婆能应允这门亲事，除了相中爷爷的能干帅气，也和她当姑娘时从未走出过陕南山水有关。也许，在她的印象里，关中是和汉中一样有山有水的地方。这一点，是从我有记忆以后在家中的饭碗里发现的：我经常会吃到村邻别家所没有的棒骨炖莲藕萝卜、浆水面，经常从三伏天院子里晒着的席子上看到臭臭的、面目全非的黄豆，以及杂物间坛子里用白菜裹起来的腐乳。这些饮食，在当时交通尚不发达的关中农村很是稀罕。每每做成了豆豉、腐乳，熬了棒骨汤，婆总会给平日里相互接济的村邻送去。直到接近四十岁，我才理解了婆在她远嫁之后对家乡的思念，对家乡风物的记挂，而那些地道的汉中食物只是她在平淡农家生活中思念家乡的无心泄密。

婆去世四五年后，有一次，我带着爷爷去下吃馆子。想起从小偏爱的汉中菜，便带爷爷去了一家陕南菜馆。当一盆炖菜端上桌的时候，爷爷喝了一口汤，瞬间老泪纵横，说：“你婆当年做的就是这个味……”

而只有我知道，那个从小就被唤作“二小姐”的婆，是靠着怎样的点滴记忆，把心里对家乡的思念化成了自小就熟悉的美食，又是怎样经历一遍遍食材搜索后，最终让这些滋养了她乡愁的饮食成为这个大家庭的一日三餐，从而被爷爷一生记挂……

大家庭

村人相互称呼，往往以各自在家族中的排序为名。村里人称呼爷爷为二爷，婆自然就成了二婆。二婆这个称呼伴随了婆一生，直到婆离世。而在我的记忆中，我从来没有见过我的大爷和大婆，印象中，我家的排行是从“二”开始的。

爷爷的两个弟弟还未成年时，他们的父母便先后离世，无形中，排行老二的爷爷成了两个弟弟的父亲。照顾和抚养两个弟弟成人，成了爷和婆一生卸不掉的责任。

爷爷的三弟，我叫三爷，如今在四川乐山，是新中国成立后村子里第一个考到外省的大学生，毕业后留到了那美丽的蜀地，扎根乐山，生儿育女。刚刚在乐山成家的三爷，家里生第一个丫头时，依然拮据。爷爷便将婆准备好的母鸡、天麻及家里所剩不多的小麦，满满当当装了一大麻袋，坐着火车硬座去看三爷一家。城里不让养鸡，坐月子得喝鸡汤，这是爷爷一生朴素的坚持，这样的坚持后来当然也惠及生了孩子的我。

那时候，全国刚刚解放不久，家家不富裕，千里迢迢背着一麻袋土特产的爷爷，硬是蹲蹲站站到了乐山，算是尽到了一点类似家乡老父亲对儿子儿媳的责任。这个故事，是被爷爷当成颇为自豪的传奇来讲的。夏天晒麦子的晒场树荫下，深秋时节收获了玉米编玉米辫子的场院里，爷爷这个代父尽责的故事，伴随着我懵懂到青年，直到他离世。爷爷所能做的是尽力担一个父亲的职责，而他不知道的是，他带走了家里所能带的最体面的食物，却给婆留下了一大家人吃不上盐的难题——家家的鸡屁股可都是盐罐子啊。

即便这样，婆也是一言不发，尽量以微薄的收成关照一家人的饮食生活。她积年累月地在地角边头，撒些菜籽，种几行葱，让这零星的菜蔬果豆成为大家族里的饭桌补充。

勤劳的婆还有一个我从小目睹的习惯，那就是在做好饭之后，从来不在院子里那棵大核桃树下的石桌子边吃饭，而总是在灶台下已经磨得锃光瓦亮的玉米皮蒲团上将就一碗，而那样的一碗，也还是给爷爷、姑姑、叔叔们盛完饭之后的剩余，至于是否能够饱腹，也只有她自己知道。

每到了“三夏”大忙时节或者秋收时节，婆和爷、父亲他们一起，天不明就赶到地里干活，干到天色微明，再急匆匆赶回家给一家老小十几口人做早饭。婆常常是饿了啃个馍，就赶紧去地里换爷爷他们回来吃饭；偶尔去得晚了，爷爷那有名的暴脾气会吼叫得满地里人人张望。这样的时候，婆总是低了头，一言不发，拾起地头的镰刀或者背起背篓，默不作声地干活。

就这样，婆和爷在共同生活的五十七年中，一起耕种着村里的几亩田地，生育了三男四女七个孩子。其中四个孩子或考学或招工，早早在二十世纪七八十年代就吃上了“商品粮”，我们便成为村子里拥有大学生最多的人家。婆也把五十多年的光阴消磨在收种与生育之间，因为过度劳作，到老一身病痛。而直到2004年去世，婆的一生都笼罩在爷爷的权威之下，或许这也是婆年轻时所没想到的吧，关中男人的倔强、暴躁及黄土地一般沉重的大男子主义，让婆的一生都在拘谨中度过。

婆的好人缘是村里出了名的。从清代始，张家岗村从起初的八姓而居，到现在的近乎十个姓杂居，历经战乱、瘟疫、匪患的增减递补，有的人家在明末起义中不知所踪，连带着这一门人再也不复存在。婆就在这样一个人口姓氏不断填充消隐的大村落中，出奇地有着众口一致的好名声。

从地里捎带回来的灰灰菜、荠荠菜，地角边头栽种的长豇豆、肥茄子、细线椒，只要围裙里裹着时鲜蔬菜，遇到那些子女多、家口大的人家，婆总是慷慨地分一小把。那时，总有从河南等外省逃难来村的要饭人，别人家有剩饭了给一碗，没有了就冷言冷语打发出去，婆不，婆总是让那些衣衫破烂的要饭人坐在头门口的核桃树下，进去端一碗热乎的饭，临走的时候再塞一半个馍，有时候还会把姑姑、叔叔们的旧衣服塞在这些要饭人的手里，总之，“不空人家”，这是婆常挂在嘴边的一句话。婆的善行给自己赢来了一村人的称赞，十里八村的乡亲都知道张家岗村有个“善老婆”。

我七岁那年，我们一家从爷爷家分离出，自立门户分开另过。在农村，分开另过的孩子，意味着已经成年，不再接受父母的接济。我刚上小学，父亲在外地工作，母亲一个人操持家里五亩多地，还要带着我们姐弟俩，那时小弟还没有出生。每天除了早饭，午饭和晚饭的做饭任务自然就落在我和大弟头上。尤其是午饭，放学时间紧，家里离学校又远，自行车在那时候压根就是奢侈品，上下学都是靠着两条腿来回小跑。放学铃一响，我总是第一个冲出教室，一路小跑回家，给锅里添水、和面，大弟则在灶下引火烧锅。大部分时间吃面条——米饭太费菜，只有腊月里割了肉，或者用玉米换了红薯粉条，才能吃一回米饭。我飞速地和面，将面粉揉搓成软硬适中、形状大小一致的面絮，一路端着面盆跑到爷爷家——只有爷爷家有轧面机。

这时候，婆要给读高中的小姑做饭，灶镬里也是烟熏火燎，听到我的脚步声，婆总是急匆匆跑出来，接过我手里的面盆，指一指案上，那里已经凉好了一碗汤面条。我端起

碗，边吃边走到上房搁轧面机的地方，婆已经在那里轧面了。等我把一碗面条吃完的时候，婆也开始用韭叶刀剺面了。剺完面我接过面盆，一路小跑到家，大弟已经烧开了一锅水，就等着面条下锅了。

后来，随着姑姑和叔叔们陆续考上大学、参加工作，家里的条件慢慢好了起来，可婆帮我轧面的习惯却从没有中断过，直到我家也买了轧面机，不用再小跑着穿过大半个村子到婆家轧面。新买的轧面机，轧起来轻松省力，不像婆家的，死沉死沉，还咯吱作响，点了煤油或者菜油也不顶用，轧一盆面下来，胳膊几近断掉。

婆手上也有了零用钱。婆的钱是姑姑、叔叔们偷偷给的，婆总是舍不得用，悄悄攒起来，有时候我想买个零嘴或者看上了哪本书，婆就趁人不注意偷偷塞给我几块钱。这样节俭的婆，却干了一件惊天动地的“大”事。

节俭的那时候，各村都有村庙，各村的村庙自然保佑着各村的人。我们村在村东头的菜地旁也有一座庙，供奉的是何方神明我早已想不起来，只记得婆总是隔三岔五和村里相好的婶子嫂子们到庙里烧香，偶尔也捐个一块两块钱的功德。婆跟着村里妇女烧香这件事，爷爷是不允许的，爷爷一直认为这是在搞封建迷信，婆就只好悄悄去，大多数时候爷爷是被瞒着的。

有一年过完正月十五，学校里刚刚开学，放学回来，家里没了葱，我小跑着去婆家里要葱。一进门就发现气氛不对，婆的灶镬里破例没有烟熏火燎。爷爷青黑着脸，面前站着低着头的婆，旁边是小叔和小婶。看到我慌里慌张地跑进来，小叔和小婶使劲给我挤眼睛，我不知所措。爷爷看到我愣在那里，就叫我过去。“你婆去庙里不去？”爷爷一脸和蔼地问我。我眼睛看向婆，婆低着头，一言不发。小叔和小婶急了，在爷爷身后又是摆手又是挤眼摇头，我见状，畏畏缩缩地说：“没有。”爷爷疑惑地回头看了一眼小叔和小婶，又盯着我看了一番，半信半疑地背着手踱回上房里去了。

到了晚上放学回来，和母亲坐在炕边吃晚饭，母亲无意中说起，正月十五邓家台庙会，婆悄悄拿了一千元捐了建新庙。这件事原本是悄悄做的，没有人知道，可那是二十世纪八十年代末，一千元是何等巨款？邓家台村从来没有接到过如此巨额的捐赠，便张贴了大红纸，将婆的大名写在了首位。这下周围十里八村都知道婆捐了建庙款，还是一大笔钱。听说了这件事的爷爷的震怒可想而知。

他知道婆对我这个长孙一向偏爱，这件事也许会跟我说，在“审问”小叔小婶无果后，才当面质问我。我的回答，算是暂时让即将暴发的疾风暴雨得到平息。

母亲跟我说起这件事的时候，婆已经趁着下午爷爷去地里的空隙，找了建庙的负责人，让他们撤去了大红纸，这件事便也无从对证了。

很多年后，婆已经处于弥留之际，小姑、小叔、小婶和我被安排在一组共同守着婆。那时候，所有在身边的子孙都按照工作忙闲分了组，一组一夜轮流看护婆。有一晚，躺在婆和爷共同生活了多年的大炕上，我问小叔当年婆到底捐了建庙钱没有。小叔沉思了一下说："捐肯定捐了，那件事闹动得四乡八邻人人尽知，但是就是不知道你婆到底许了什么愿。"说完，朝着对面的小床看去。婆蜷着身子，瘦小佝偻，使床铺看上去格外宽大。而实际上，那只是一张单人木板床。

我是你的女儿

婆是在二〇〇四年农历正月二十八日去世的，而我是正月二十九日的生日。此后的很长一段时间里，我都不再过生日。每年临近生日，我的心里总是莫名忧伤，这样的忧伤持续至今。

那一年的正月二十八日凌晨，我还在睡梦里，清晰地梦见婆笑眯眯地看着我说："婆走了。"猛地醒来，才发现我睡在自家床上，迷迷糊糊继续睡去。六点多的时候，父亲打电话告诉我，婆走了。等我赶回老家的时候，婆安详地躺在早已备好的木板床上，睡着了一般，白皙的脸颊温热如常。

父亲是家里的长子，我顺理成章地成了爷和婆的长孙。那时候，曾祖父还活着，八十多岁高龄的曾祖父有着他们那个年代固有的重男轻女思想，这一思想也霸据着全家人对我出生的态度。据说，因为我生下来是个女孩，乡里待十天客的这个习俗在我这里中断了，勉强而办的满月席上也只管待了我的舅家，原本待客常备的七碟子八大碗也以大碗的卤汁面代替，用母亲耿耿于怀了一辈子的话来说，就是“待麦客的卤汁面就把我娘家打发了”。

曾祖父的重男轻女，除了表现在街道上逢集赶会从不带我，而只带小我三岁的大弟外，还体现在生活中看到我时的不苟言笑。受到曾祖父严格的治家理念的影响，一家老小对待女孩的态度也大同小异。我上小学的时候，有一年，曾祖父给小爸带孩子，在院子里坐着跟孩子玩，三姑带着表妹雅雅来看曾祖父。那时候的曾祖父虽然胃口很好，视力却已经大不如从前。视物不清的曾祖父，看来了个小孩子，以为是我大弟，佝偻着身子挣扎着从躺椅上站起来，从他的住屋里颤颤巍巍摸出半根麻花来，笑眯眯地递给雅雅表妹。表妹和我一样，从未享受过曾祖父这样的待遇，颇为吃惊地接过麻花，迟疑着刚咬了一口，曾祖父一边叫着“我娃乖”，一边眯缝着眼睛伸出手往她裤裆里摸了一把，发觉不是他孙子，

立马就瞪着眼睛要去抢表妹手里的麻花。很多年后，目睹过这一幕的小爸说：“你曾祖父那时候就是这样重男轻女，比你在《张家岗纪事》里写的还过分。”

即便是这样的家庭氛围，婆对我的态度却从未受过家族观念的影响。甚至我上了小学、中学、大学，婆还时不时偷偷给我零花钱，悄悄塞给我亲戚看望她时带来的糕点，额外给我留着哪怕已经霉掉的豆豉。婆把她的爱无声地渗透在生活的缝隙里。

如果说，母爱是孩子成长中感受到的第一份爱意，婆对我的爱，则是一份放大了的母爱。这份比母爱更宏阔的爱，多年后水一样又延续到了我的女儿身上，以至于刚学会走路的一岁女儿，竟然在一个午后趁着我母亲睡着，悄悄爬下炕，扶着墙越过村里家家户户砌在后门的茅厕，一路辗转地去找她的太奶奶。院子里纳袜底的婆，看到蹒跚而来的曾孙女，赶忙迎上去，以为是母亲或弟弟送过来的，于是问曾孙女跟谁来的。还说不出完整句子的女儿笑眯眯地看着婆，头一歪，睡在了婆怀里。很多年过去，直到去世前，一提起这事，婆就撩起衣襟擦眼，说：“碎碎个人儿啊，不知道走了多久才找到太奶奶，我娃的嫩脚啊……”

记得我大学毕业回来，第一件事就是去看婆。晴朗的夏日阳光下，婆眯缝着眼睛，把少有皱纹白皙细腻的皮肤都挤

出了折皱，端详了我半晌，轻轻说了一句：“婆把你背了那么多年，你也背背婆。”我听完愣怔了一下，随即醒悟过来，把婆抱起来放在大门口的碌碡上，转过身，示意婆趴上来。婆笑眯眯地犹豫着，不肯上来。我毫不犹豫地拉过她干枯瘦小的双手，搭在我的肩上，轻轻的一下，婆就贴在了我的背上。那一瞬间，我双眼突然有些模糊。

我是在婆的背上长大的，甚至到了三四岁婆还是愿意用布带子将我绑在她的背上干活，而舍不得让我下地走路。婆提出让我背她的要求，分明是想看看她背大的孙女会不会还和小时候一样听她的话而已，哪里是真正要我去背她。我背着婆走在村庄的巷道里，想起小时候婆的背是那么温暖而阔大，我经常在婆边干活边唠叨的说话声中，被颠簸得昏昏欲睡，甚或一睡大半天。那时候婆的背，是这个世界上最安稳舒适的软床，是这个世界上最妥帖的去处，那时候的婆年轻有劲，似乎永远有干不完的活，有使不完的劲。可如今，当年在我心里高挑宽厚的婆，如何就变得如此轻飘飘而丝毫不用费力就能背起了呢？如何就如此瘦小干枯而如一片失去了水分的树叶？那一刻，心里有个声音响起：婆老了。

此后的几年，婆断断续续地病着，似乎把一生的劳累、积郁、辛酸都汇集在了疾病里。父亲和姑姑、叔叔们打听着好的医院和医生，周折医治。婆时而清醒时而糊涂，有时候我回去看她，她衣襟上洇着白花花的米汤印儿，像极了头上的一片发丝窝盘在胸口，任我怎么用湿毛巾擦洗也弄不下来。要知道，一辈子灵秀、美丽的婆，是多么爱干净啊，哪怕是土院子，每天早晨都会早早起来清扫得一尘不染，姑姑、叔叔及至我们孙辈的衣服只要有点脏，就会麻利地洗干净。婆说，不笑穷，就笑脏，不管新旧衣服啥时候都要干干净净的。而如今，婆的状况是连自己的干净与否都无法顾及。每每见此，我都心里绞痛。

陆陆续续的治疗之后，终于，那个日子还是到来了。婆离世前的一个月，几近昏迷，一度连姑姑、叔叔们的脸庞都无法辨认，经常张冠李戴。即使这样，只要我出现，婆就会勉强睁开浑浊的大眼睛，嘴里清晰地吐出我的小名，而且必定要在小名前加上“我”字，以示那份心里的专属。我照例每天去看望她，生怕给自己留下遗憾，长辈也照例用我作为试探，以测验婆是否意识清楚。

正月二十七日晚，婆依旧奓着双手，挥舞着，嘶哑着声音喊“回”“回去”“回家”等字眼，姑姑们凑近耳边询问婆回哪里，紧闭着双眼的婆一声不吭，停顿一会儿，又一遍遍呼喊。

那个时候，我朦胧中突然意识到婆口里的“回”是想回哪里。

婆下葬的时候，已是农历二月初，迎春花和零星的桃花已经绽放，柳芽已然新绿，而婆再也看不到她熟悉的春天，永远地停留在了七十七岁的严冬。

按照农村的规矩，女儿们是要给故去的母亲制作铭旌的，上面书写着老人一生的品德总结。大姑在制作她那一份铭旌时，问我要不要和她们一样，两个人合着给我婆做一份。我摇摇头说，我要单独做一份。跪在坟前，望着燃烧的纸钱黑蝴蝶似的飘忽升空，我满面泪水，默念着："婆，这辈子我们不是婆孙，我是你的女儿；下辈子，我还做你的女儿，你记得来找我。"

带你归宁

此行是我近几年以来的愿望，越是临近知天命之年，想回去看一看的愿望越强烈。而每一次鼓足了勇气，最终依旧无法面对，只好放弃。无法面对的到底是什么，却说不清。

即使是这次，临来的时候依然情绪复杂，踟蹰犹豫。婆离开我们已有十六年，十六年来我不敢触碰那份思念，即便是清明、寒衣节上坟，我也只是远远地望一望她的坟茔，或者匆匆磕个头便离开。我知道，这是我深藏在心的一处伤，不管过去了多久，都伤痕如新，一碰就会血流如注，甚或只是偶尔想起，也会流血不止。

车子驶入南郑，点点雨滴打在车窗上，直至找到了婆的娘家的旧址，雨骤然密集，瓢泼般倾泻而下。而在汉中的朋友说，汉中市滴雨未下。

站在公坡梁下，一层层的梯田里稻草垛默立。雨还在下。在这个即将深秋的下午，透过密集的雨雾，我仰望着公坡梁，那里埋着我婆的亲人，也埋着我婆一生的想念和牵挂。

我婆的大堂弟，也就是我的大堂舅爷李厚发。七年前新盖的房子还来不及起二楼，因为儿子在浙江打工，他要替儿子照看孩子，去年便将新房卖给了村里人，一家人远赴浙江定居，不再回这个小山村。这座盖在离我婆娘家只有一块稻田距离的小房子，和我婆旧居隔田相望，门前长满了荒草，没有粉刷的红砖透着依稀的潦草。隔着一块黄豆地和一小片荷塘，我小堂舅爷李厚福贴着洁白瓷砖的三层小楼，立在路边，看上去威武不少，却也是人去楼空。周德胜老人说，小堂舅爷十几年前在外打工不知得了什么急病，客死他乡，也埋进了公坡梁，他家的儿子女儿也都在浙江，就干脆不再回来，所以，房子也就空着。我立在这两座房子的中间，长久地站立着，任凭雨丝打湿我的衣衫。

周德胜老人在老屋前起了二层高楼，贴上了清一色白瓷砖，还在门前的水田边打上了水泥院子，修了宽阔的一截水泥路，只是老两口依然一把锁锁了门，住着后头的老屋。老屋覆着乌黑的瓦，瓦片间隙长着碧绿的苔，屋前养着一笼黑兔，兔子们红着眼睛挤在栅栏里往外看，铁丝制的笼子就晃

动着，像是正有人群挤过的软桥。

新崭崭的水泥路尽头是厨房，阔大的厨房纵深感很强，似乎是一个深不见底的洞穴，开了灯，昏黄的灯泡上粘着一层黑乎乎的灶油，显得屋内更加昏暗。我站了几分钟才适应屋子里的光线。鼻腔里有股植物烧熟的香气，原来是门背后点着一堆稻草，稻草并没有明火，只飘起一缕青烟，那香味就是从这稻草堆里发出来的。燃烧的稻草和烧麦粒的味道一样，散发着粮食烧熟后的香气。周德胜老人说，这是在用打谷机打出来的草辫子把去年的腊肉用熏一熏，预备着天冷了吃。熏好的腊肉悬吊在两三米高的一截横木上，已经看不出肉的本来颜色。四周的土墙是用泥土和着稻草打制的土砖砌的，长年的烟火缭绕，使得墙皮子斑斑驳驳，看上去像是墙结了一层黑痂，像一辈子没洗过澡的黑汉，一搓就能搓出黑泥来。

坐在厨房门前，在新稻草燃烧的香味里，仰望着灰白的天空，雨停了。在汉中市南郑区唐口镇新田村一组，湿润的山风微微吹拂，像是你轻轻地来过，我带你来看过了，你的泪是否已干？

2020 年 9 月 25 日半稿于汉中

2022 年 4 月 4 日成稿于杨凌

后　记

敲下最后的时间落款，泪水奔涌而出。这是我写过的最长也最难写的文章。从有这个想法到现在，十余年间，我在自己的内心深处苦苦挣扎。其间，两次回到南郑区新田村一组，不管是丽日晴天，还是大雨倾盆，我的心里都未曾真正晴朗过。婆的去世，是我一生挥之不去的痛，也是我十多年来无法面对的现实，以至于这篇文字一年多前起了头，直到今天才收了尾。

这一天，是壬寅年清明节。

这一刻，我泪流满面，号啕大哭。

我敲下了这些文字，也似乎走出了对婆的牵挂，可我知道，我依然走不出对她无尽的思念，我甚至比十八年前更加不敢面对内心深处的自己。

我们各自安好吧，我爱过你，也哭过你，今天痛快一哭，和着文字，算是一份遥远的祭奠。

望你收悉。

跳起来的父亲

初夏的一个周末，我照例回老家看望父亲。吃罢晚饭，和父亲、侄子坐在前院聊天，突然想起老屋院子里的杏，便央父亲带我去看看。

相比于去年，今年的杏结得不繁，稀稀疏疏，不过个头却大。一阵风过，满树绿叶间探出诱人的点点金黄，在我们头顶顾盼。父亲说："我给你把这股子拉下来。"说着，父亲便稍稍往下一蹲，猛地纵身跳起来，攀扯住有着五六颗大黄杏的树股，招呼我摘。

一进门，只顾着看地上掉落的大杏，没料到父亲如此身手敏捷地跳起来攀扯树枝，也就没拍到父亲洒脱的起跳、落下，但是清楚地目睹了父亲轻盈的身姿——七十多岁的老人了，居然起跳完美，落地稳健。

他的举动完全出乎我的意料，我似乎看到他的脸上有一丝笑意闪过。刹那间，高中时候在校篮球队打主力的父亲；在我们姐弟年幼时数次为我们摘苹果、打枣、折槐花的父亲，重叠在刚才那短短几秒的跳起、落下里。那时候的父亲，年轻、有力；眼前的父亲，早已满头白发，满脸皱纹，当年的青春和神采也日渐隐没在佝偻的身影里。

我挤在父亲身边，一只小飞虫撞进我的眼睑，眼睛酸酸的。我从父亲拉扯着的树枝上摘下几颗大杏，金黄带绿的杏子握在手里沉甸甸的，散发着果子新鲜、活泼的清香。满手的金黄耀得人心里暖意荡漾。

七十多岁的老人，跳起来的这一刻，只是父亲。

坐在马扎上吃杏子，新摘的杏子汁水四溢，格外香甜，蓦然想起前年“五一”假期带父亲爬九龙山的事来。

那年的“五一”假期，天气不阴不晴，正适合爬山。一大早起来，感受着温和舒适的天气，想起父亲很久没有爬过山，便打电话相约。父亲爽快地答应了，于是接了父亲，开车往西驶去。一路上，父亲兴致很高，说着村子里的人和事，谁家的儿子不孝顺老人，谁家的老人又生了什么病……即便父亲口中大多数的人对我来说都已模糊，甚至想不起那些人的长相样貌，可听着父亲清晰的叙述和分明的判断，我心里格外感动。父亲不是一个多话的人，甚至有些木讷，和母亲养了三个孩子，种了一辈子的地，虽然也曾在外打过或长或短的临时工，但是常年的劳累和生活的艰苦早已让父亲变得和他耕种的土地一样沉默不语，总是默默地挥舞着手里的锄头、铁锨、镰刀，把所有想说的话和终年劳作一起搅拌在一茬茬的播种、收获里，深埋于永远开不了口说话的黄土地中，安放在那些明晃晃的铁器里、磨得滑溜的锨把里，以及对我们为数不多的叮嘱里。听着父亲在车上絮絮地说着家常，我头一次发现，父亲是一个善于表达的人，思路清晰、逻辑顺畅，当然，观点里有着他们那一辈人的刚正。

一路听着父亲的叙说，很快就到了山下。停好车，向购票处走去，路过一排隔离车辆的石墩子，几个圆滚滚的石墩子用粗若麻花的铁链连接着，防止车子进入。走在前面的父亲，走到铁链前，出乎意料地后退、助跑了几步，猛地跃起来，两只脚前后腾空，跳过了几乎拉平的铁链。立定后，父亲回过头看着我吃惊的表情，罕见地露出得意的微笑，似乎在说："看我还行吧？"我被他这突如其来的举动吓了一跳，要知道，那时候的父亲快要七十岁，而从我有记忆时开始，父亲就罕有笑容。刚刚那一跳里，分明有着孩子般的快乐和得意。恍惚间，我似乎看到父亲注视着我蹒跚学步、扑向他怀里的情景，年轻的父亲脸上应该也是这样得意欢乐的笑容。

这一刻，即将古稀的父亲，在我面前做了回孩子。

我们鲜有机会能看到父母纯真的模样。从我们认识他们的时候，他们就已经是父母，他们所作所为也都是尽父母职责。而我们因为年幼无知，从来没有问问他们是否能背负得起这样的责任，是否也有累的时候。我们大多数时候看到的，是父母作为父母这个角色应有的样子，或苍老，或愁苦，或疲惫，他们曾有的青春，悄然隐藏在为数不多的照片里，定格在少有的几帧画面中，在那里，他们曾经年少飞扬，曾经青春美丽。而这些，又是多少为人子女的我们永无机会了解的秘密？又将是多少年后我们久久不能释怀的心痛？

我坐在马扎上咀嚼着黄澄澄的杏子。原来，看上去饱满金黄的杏子，清甜里却有着隐隐的酸，那份酸，一直漫到心底。

2021 年 6 月 7 日

师父樊志民

前几天，我的导师、著名农史学家樊志民先生来单位录节目。录完节目，我和同事恭送先生至楼下，离饭点尚远，他婉拒车送，步行去午饭就餐的饭店。临近下班，天气尚好，我便和先生并步同行，送送他也顺带说说话。

“你的文字现在越写越有味道了，方向很好，有着传统农业文化的特征，又着意于现代农村和农民的生存状态，这点很好，这就和一般的女作家有了区分，不仅仅是个人情感的抒发，而是有了一定的面目。”先生笑道。

此时正是庚子八月底，时值暮秋，温度适宜，这样的天气和先生并肩走在林荫道上，仿佛又回到了二十年前的校园。加上先生一贯不疾不徐的陕西话，使得路上的几分钟有着课堂的庄严又不失轻松。

樊先生是我的导师。约二十年前，我在西北农林科技大学人文学院进修过两年，读的是现代科技史的在职研究生，樊先生作为先秦农业史的代课老师，曾给我上过两年课。一日为师，终生为师，这二十年来，我和樊先生及师母始终保持着联系，遇到农业历史方面的问题总会及时向先生请教，而先生不管多忙，总是及时细致地予以解答。二十年的师生情谊，走到今天，亦师亦友亦亲人，“情同父女”用在我与先生的交往中，一点也不为过。

“我在带研究生的时候，总是觉得课堂上能够给予他们的很少，更多的是希望我的研究生能够在我的指导下，有适合自己的发展。孔子说，因材施教。我可能不能预见这个学生有怎样的将来，但是我知道怎样根据他的特点让他有一条适合自己发展的道路，这样的话，他通过自己的努力能够走一条相对正确的路。就像你，目前的写作路子，有农业历史文化底蕴，有对‘三农’的情怀，这就是自己的特色。继续往前走，坚持下来就会有自己的面目。”我走在先生左侧，侧耳倾听先生如讲课般的讲解。

这么多年来，曾因工作或者私人聚会原因，聆听过先生的教诲，先生总是不多说话，往往只是一两句话，却总能让我在很长一段时间内反复咂摸，反复咀嚼，然后付诸实践。这最后的几句肯定，让我精神一下子提振了不少。这段时间，我对自己所坚持的文学创作方向有些迷茫，尽管也不断地在写，可坚持的方向是不是适合，我一直心里没底。听到这几句话，就像一个濒死的人抓住了救命稻草，心里踏实不少。

“孔子还说过一句话，叫‘三人行，必有我师’。这话很多人都是从正面理解，觉得三人里面一定有比自己强的人。可是这一理解不完全。比如说，你不喜欢某个老师的课，你在听的时候，肯定会想：如果是我讲这堂课，会怎么讲，他讲得不好，我如何规避。从反向思路来解决问题。话说回来，三人行里，有比我强的人，也一定有不如我的人，比我强的人我要如何向他学习，比我弱的我又怎么从其身上吸取教训，这是个一分为二的角度问题。”先生缓缓地说到这里，停顿了一下。

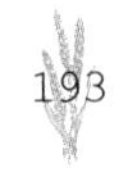

说到这里，我恍然大悟。我们总是习惯从一个方面看待问题，甚至仅是从一个侧面解读孔子这句话，其实换个角度，也会有所获益。我蓦地想起柳宗元《敌戒》中的观点，于是说：“是不是就和《敌戒》一样，虽不能绝对到以敌人或者对手来解释，但是可以从相对论的角度来看待问题，‘皆知敌之仇，而不知为益之尤’？”

“是这个道理。”先生笑着点点头说。“‘择其善者而从之，其不善者而改之’，这才是三人行的核心，就是个相对论的问题，并不是三个人里面一定有比我强的人。”先生又微笑着强调。

此时，秋阳很好，树荫浓蔽，清瘦高挑的先生缓步走在我的右侧，左侧离心脏近，我惯于行走在先生左侧。秋风微拂，先生莹白的发偶尔飞扬，使人清爽安定。

先生继续说："再举个例子，孔子还说过一句话，'唯小人和女子难养也'。这句话从字面意思理解，小人自不必说，对女子就有些不公正。这句话后面还有一句，叫'近之则不逊，远之则怨'，后半句才是孔子要说的。大家引用的时候总是说前半句，却不知后半句才是重点。如何处理和小人、女子的关系，关键问题在于个人对分寸的把握，而不是把问题推给别人。"再一次恍然大悟，一向自诩为读书不求甚解的我，这一刻似乎明白了很多。尽信书不如无书，放在这里再恰当不过。

说着话，很快就到了饭店门口，先生说："就送到这里吧，你回去的时候慢点。"握手道别，目送着先生过马路。先生回过身挥挥手，清癯的身影在秋风中却分外高大。

短短十来分钟的路程，先生的学养让我如沐春风。

这只是和先生交往中的一个片段，这样的片段在过去的二十年里就像大海里的水，信手可掬。先生就是这样一个人，即便是散步聊天的随意几句，也使人听来获益匪浅。近水楼台，向阳花木，离先生近，这样的春风就更容易吹拂。

2017年，我出版了第一部散文集《樱桃鹿》，书印出来，在朋友圈发出售书信息，先生留言，要购买一本。下午下班的时候，送到先生所在小区。门口保安问我找几号楼，先生家去过几次，没能记住楼号，只记了大致位置，支吾着告诉保安："我是樊志民教授的学生，给他送书。"保安一听笑了，说："这个点儿樊老师可能还没回来，书你放在我这里，回来我给他。"

晚上的时候，收到先生信息告之书已经拿到。隔了几天，先生微信留言说，要推介《樱桃鹿》。我看后不及细想，回复了一句："书几乎卖完，不需要推介。"先生发了个笑脸，道："不是推介书，是推介人。"隔着屏幕，我脸红到了耳根。没几天，先生一篇标题为《熏陶》的文章发了过来，近一千三百字的评介文章里，字里行间满是对身为学生的我的期待、叮咛、理解及厚望，读来既有师者对学生成长的欣慰，更有希冀学生更上层楼的瞩望。满怀激动地读完，我再一次为自己的浅薄而羞愧。

隔了几天，和先生参加聚会，说起《熏陶》，先生笑眯眯地打趣说："我要推介人家，人家说书卖完了，不需要推介，我还是撵着人家写了。"说得在场的人哈哈大笑，先生也呵呵笑起来。此后，这件事成了我们师生之间一个无伤大雅的笑话。这篇文章，随后收录进了《樱桃鹿》再版的评论部分，文章也请我擅长书法的同学誊录在宣纸上，装裱起来悬挂在了客厅，以作时时提点之用。

由于我的创作方向在第一本书出版之后就做了调整，转攻农业题材，尤其以先生所传授的农业历史为大的创作方向，重点关注农耕历史的传承以及农村、农民的现状，所读书籍便也从之前的人文典籍转为农业历史。因创作需要，对一些农耕文明进程中的历史知识、陕西方言的书面写法及与之相关的细节问题，少不了要请教先生，尽管每次给先生发信息请教时，总会格外留意避开先生的授课和休息时间，但也偶有规避不开的时候。不论我什么时候提出问题，先生总是及时予以信息或者电话回复，详细告知我具体的内容或者需要查阅的资料。

二〇二〇年冬天的一个晚上，我在写一篇关于牛羊肉泡馍的文章时，由于对农耕民族和游牧民族之间的纬度界限及面食发酵的时间问题有些疑惑，想要请教先生。看看时间，已是晚上近十点，考虑到先生正在休息或批改论文，犹豫再三，还是鼓足勇气给先生发了信息。没想到，几分钟后，先生回过来电话，依旧是往日里沉静如水的语气，但声音里透着疲惫，比往日舒缓的语气更缓慢，想是劳累所致。他告知了具体而详细的答案，嘱托我可参阅他的博文，并提示了相关标题。这个电话打了近十分钟，挂断电话，我心里久久不能平静，深为自己的鲁莽而自责，也为先生对文字和史实的严谨而慨叹。后来，那篇文章发表在《西安日报》《品鉴》栏目，推送给先生，以表先生指点之恩，先生发来竖起大拇指的表情并不无欣喜地表示祝贺。只有我知道，我反馈先生文字发表的真正含义是什么。

一次，和先生小聚，席间再次说起陕西方言的相关话题，先生问我："'过晬'的'晬'怎么写，李慧，你知不知道？"随即，先生解释说，就是小孩子过周岁生日的陕西方言表述。我摇摇头，表示不知。先生继续说："'晬'这个字是'日'字旁加一个'卒'，念'zuì'。这个字在《说文》里解释为周年，在《类篇》里是子生一岁的意思。像这样的雅言落实在古诗词中的例子还有很多。所以从这个意义上说，陕西话说出来听着土里土气，可是却是先秦雅言，你仔细品，便是另一番风味。你可以用陕西话读一读《春晓》感受一下。"我背诵起来。

先生说："'夜来风雨声，花落知多少'的夜来，就是陕西人常说昨天的意思。《卖炭翁》陕西话读出来一定比普通话更有韵味，你可以试一试。"果然，陕西话落韵更为合辙，也更上口。正是这一次无心的陕西话诵读，成为先生后来在给陕西省党政干部讲授农业历史时的一个范例。先生认为，这是先秦雅言的另一种传递和传播。

通过先生，陕西话中更多更有底蕴的文字逐渐走到我的文章中来，让我意识到我有责任将陕西方言正确运用到日常创作中，并让这样一种独特的方言成为我创作风格的特色之一，这也让我更加坚定了乡土散文的创作信心。如今，从创作方向的调整尝试上看，我是受益于先生的。

还有一次聚会时，说起我在洛阳村的节气观察及采风文字，先生问我是怎么去的。我如实告知：“车子开到洛阳村，在村间巷道及田野河边走路观察。”先生又问：“你穿着什么鞋子？”我答：“运动鞋。”先生点点头，说：“你下回可以尝试着骑自行车去，体会一下和开车有什么区别。也可以穿双布鞋去，体验一下布鞋踩在泥土上的感觉。你看，农民劳作大部分都是掮着劳动工具走着去，最多也就是骑着自行车、摩托车。不管是自行车、摩托车还是步行，都很缓慢，在这种缓慢中，能体会到四季更替，体会到农耕文化的春种冬藏，因为农业的特性决定了农耕文化的进程缓慢。穿着布鞋，人的脚和土地的联系会更紧密，土地的温度、湿度、气息都能通过布鞋传递给人。交通工具和衣着对人的感知是有影响的。”

先生依旧是缓缓如常的语气，我在这样的舒缓中恍然大悟，原来先生一直是关注着我的节气采风的，他今天的提点一定是经过了长久的思考的。我记着先生的点拨，在下一回的节气采风里，将车子停在塬上，从后备箱里找出一双布底鞋，静静地从塬上下到塬底，再从坚硬的柏油马路上一步步走到松软的泥土上，硬与软之间的缓慢行进切换，我的心绪回到遥远的农耕时代，回到不太遥远的青少年耕作时期，也回到曾经课堂上那知识的海洋中，我的心绪格外沉静。那一次，我对土地、河流、鸟鸣以及农民在田地里的劳动等等这些常见的事物，突然有了不一样的感受，那一次的节气采风意外地饱满、丰富。

先生常说：“劳动养体，自然养性，文化养心。”说起来仅仅十二个字，可是贯穿在日常的生活、读写中，却是需要长期践行的，而在这样的践行中，先生总是不忘抽空点拨我几句，让我在一种持续不断的熏陶中，逐步走向写作及人生的臻境。

壬寅虎年世界读书日是先生六十五岁生日，先生身边的亲友策划了一个小范围的庆生宴会，参加者以从事文学创作的好友为主。先生总说“文史不分家”，他作为农业历史学教授，自然和文学创作者有着深厚的文缘。先生时常也会写些隽永的文字，以文字的实际书写践行文史一家。

那天的生日宴小而温馨，席间，大家自然畅谈起和先生的文缘来。每个人都和我一样，在与先生的交往中得到过先生的点滴指点，而这样的指点，往往促成我的创作甚或做人的一次提升。

这次生日宴，自然使我回想起五年前先生六十岁的生日宴来。当时也是在这家酒店，众多学生从周围省份赶来，近百人同聚一堂，颇为热闹喜庆。我被安排朗诵先生用于致谢的答谢词。生日前几天，收到先生发来的稿件，稿件中着意标注了几个生僻字的读音，恰好那几个字是我所不认识的。

这次的生日宴上，轮到我发言时，我讲起了这件往事，表达我对先生的感激之情，也对先生能够始终替学生着想的风骨致谢。顺带着，我也向在座的好友讲述了为什么这么多年来，我始终称呼先生为师父。师者自不必多加解释，传道授业解惑，师命使然。父亲是生命的起点，而先生却给了我精神上的生命的起点，影响了我的为人和为文，让我不论在学业还是创作乃至为人方面，蜕变成另外一个我。故二十多年来，我始终以师父相称。至此，也或许解释了这篇文章的标题之意。

遥想当年刚入学的时候，先生教授我们先秦农业史，半学期过去，有一次在课堂上，先生用温和的眼神扫视了全班后说："在座的三十八位学生中，有的人是资政型，有的是求学型。没有好坏之分，各人按照各自的想法走，就是好学生。"大概有人上课不专心，偷着接打手机引起先生不悦，即便这样，先生也只是温和告之。说到"求学型"，先生看了看每次上课都坐在第一排的我，那一刻，我疑惑着先生这句话是不是对我说的。直到近十年后，我才体会到当年先生眼神的确切含义。他大概是看到我上课认真，有意要我继续攻读，只是我天生愚钝，当时没能明白他的眼神的真切含义，即便后来在他的办公室，他明确示意我继续读他的博士，我却因为两次英语考试均差了几分没通过全国统考，而仓促放弃了继续求学。这次放弃，成为我这半生为数不多的悔事之一。也正是这个延迟近十年才读懂的眼神，成为我不负先生厚望的动力，转而在乡土散文上发力。基于此，在当天的生日宴上，我给师父鞠了两躬。直起身子的时候，我的眼里满是泪水，师父和师母眼里，也有些许泪光闪烁。

师父樊先生就是这样一个人，二十年的感情并非一篇文字可以抒发，这样的师生情谊是以一生为基本单元来持续的。如今，我也在一些学校兼授新闻专业或阅读写作方面的课程，每当面对着台下数十双渴求的眼睛，我的脑海里就会出现师父的模样。

这一生，为人为师皆当以先生为榜样。我想，这是对“师父”这个称呼最妥帖的阐释。

2022 年 5 月 8 日

写人的真诚

——读李慧散文《师父樊志民》

马河声

读李慧的最新散文《师父樊志民》令我自然联想到李天芳的《先生朱宝昌》。

两位散文家隔代呼应，语言有别，情感归一。她们都通过自己独特的记叙，将自己心目中的老师——“师父”“先生”刻画得有血有肉、活灵活现，为当代散文人物艺廊立了两尊令人可亲可敬的师者艺术塑象，也为散文记人呈现了多角度的表现手法。

她们都以女性特殊的视角和特具的细心对自己心仪的老师进行极为感人的文学塑造，彰显了“师者，传道授业解惑”的天职的责任和神圣。读来启人心智、感人肺腑、令人向往。真是可喜可贺。

《先生朱宝昌》把一位特立独行、知识渊博、情感内敛、狷介孤趣的“古典学者”形象推到读者面前。

《师父樊志民》把一位亲切随和、一专多能、感情真挚、躬身力行的“行业大儒”的笑貌描绘给读者。

李天芳叙述以“专”，李慧表达以“真”。

专精的教授与真诚的专家，如今是多么的稀缺啊！

我可自许为樊志民先生的朋友，虽然见面不多，但心神融通。他是全国顶级农业专家，却一点也不见迂腐，爱好广泛而不泛泛，对书画对文学的识见亦堪为师，尤其笔下漂亮的散文随笔几让号称作家者汗颜，他为人处世的宽博有趣也令他拥有各行各业众多的“高端”朋友，朋友们还都一致地对他表示羡慕和敬重。

李慧对他以“师父”相敬，其情之真之切之深之厚，真可谓“刚刚对”“刚刚好”。我不但表示支持，也愿效法樊先生德功之一鳞半爪，沾一分半毫之荣光！

2023 年 4 月 12 日

马河声，一九六四年二月生于陕西合阳，自修文、书、画、印近四十年。现居西安。

又见马河声

前段时间，出版社要设计新书封面，需要确定书名的设计，尽管得知马河声先生身染急症仍未痊愈，情非得已之下，硬着头皮试探地发了信息告知题写书名之意，不几分钟，先生回复说可以，近日写就。待到第二日，几个大气、厚重又不失朴实的魏碑字体图片通过微信传来，一见之下，心内自是喜不自胜：这就是我想象中的先生手书，形、神、意皆与我将出的散文集内容熨帖无二。当下便口头表达了感激，请一位大病未愈的书法家劳神劳力，确实罪过，内心里对他又多了几分敬重。

一年来囿于琐事、腰疾和世间奔走，与马河声先生已有数月不见。尤其得知先生得了急症之后，总是琐事缠身的我，一直未能前去探望，只能拜托友人看望。

辛丑年冬月初一，冬阳和暖，终于得了空闲时间，于是有了此行。

先生病前，精神激扬，中气十足，一对剑眉平添几分英武潇洒；今日一见，清癯白面，苗条轻盈，依然剑眉倒立，却多了几分书生意气。过门禁跟随其后，背后身形似风过林梢，翩翩然若年岁倒长。不禁慨叹，有些人经历炼狱般的病痛，只见憔悴颓废，而先生病愈却改换风格，更见柔韧。若是以病为界，则先生前半生意气风发激扬挥斥，此后却是书生情怀，状若蕙兰。生了场病，生出了另一重人生境地。

坐定，泡茶，闲话。正午的暖阳透过懒园画室的落地玻璃窗照射进来，窗前一盆芦荟正挺拔着身姿努力吸收着难得的阳光。话题自然围绕得病展开。

叙说起生病的过程，说者平静淡然，听者手心冒汗。猛地检查出得了大病，常人必是彻夜难眠，错愕、悲伤、哀痛、无奈种种情绪必会萦绕交错，那种煎熬不必目视也可想见。而先生的叙述中，对于这煎熬的过程并未细说，只从手术起头，谈起这其间的种种幸运及友人鼎力相助的珍贵情谊，让人慨叹其这份心胸，究竟还是感恩及豁达多一些。术后卧床，身心俱痛，历经麻药散去后的无眠，眼见着家属悲伤绝望，两次误诊及后续过度治疗的身心摧残，短短半年多时日，日日煎熬，数重难以表达的心路曲折，听来让人黯然。先生已然从年初的壮硕强健消瘦至百十斤，据说最难过的时候，是发着高烧一日一斤地消减着体重。今日见了，仅是外形的清减，已让人对病痛的折磨有所感知，更遑论病者自身所受，并不是平静诉说时的这般轻松随意，不禁内心重若灌铅，思绪万般起伏。

而先生的平静叙说，却仿佛在讲述过往的一次长途旅行，见了山，见了水，见了人，也经见了人间险境，不过是外出走了一遭罢了。说到后续治疗的细节处，在我听来何其无奈惨痛，先生却剑眉一扬，爽朗地轻笑几声，似乎在讲着一个好笑的笑话。即便自家身处重疾围困，依然不忘关注病躯之外的苦痛。一次等候做B超，看着熙熙攘攘又脚步匆匆的病人，眼见一位正值妙龄的少女也在排队B超之列，病服严密包裹之下，依然难掩青春气息及姣好容颜，先生生出深重的感慨来："我们这些老男人遭罪也就罢了，何以让这些年纪轻轻、正值大好时光的娃娃也来遭此一劫？为什么不让我们这些人替代了她们把病得了算了。"言谈之间，对美好生命的惋惜和叹惋让人动容。特别是看着那些卖房、卖家具及至举债给亲人治病的乡人，家贫潦倒愁苦不堪，依然替那些素不相识者打抱不平。而他们得病得亲人，自己已是病痛在身，情绪随着病情的起伏、诊疗方案的不断调整而上下左右，却仍然有着对陌生病又的一份悲悯。先生的真与善发自骨血深处，有着菩萨般的存心。

叙说至此，众人沉默。阳光此时已然稍偏，屋内阒然无声。历经大病，于常人有着死里逃生的叹息，有着命运之手轻抬的喜悦，而于先生，却转换成对书法艺术更深层次的见解。添茶、续水之间，话题已切换至道与术。先生轻啜一口茶，说道："艺术的道前提是真，真情是艺术的前提，没有真，何来的道。演化成真善美，真也是排在第一位的。很多人把道理解成玄虚玄妙的东西，其实不然，一味地强调形、强化外在，那是技。技没错，但是学了技，却忘掉技，把学到的那些技巧、技术统统忘掉，下笔的时候，若有似无，这才是道在心里。绘画也好，书法也好，文学也好，都是一理。得意忘形，用在这里最是恰当不过。"说罢，先生拎壶给环坐之人续茶，眼神柔和，一副低眉敛首的菩萨相。先生讲的是病愈后对艺术的心得，又何尝不是他自己做人的体会？

到了饭时，招呼着用中饭。劳先生初愈长谈，实在于心不忍，直说得吃顿好的。先生说，冬日里还是羊肉泡馍最好，养胃暖身。一行人下楼，就近寻得一泡馍馆子。先生说，这是全西安市最便宜却最入味清淡的。掰着馍，继续闲聊，依旧不离文章的写法。谈起友人间互相看稿、听稿的趣闻：谁的稿子又有了笔力进步，谁的仍然欠些火候用力太过，等等。我掰馍不甚擅长，落在先生之后。意欲先生那碗先煮上，免得已经过了饭点，对胃不好。先生摆手阻止说："你比我掰得细，等一下一起煮。"刚落座的"懒园才子"翟旭鹏说，文字就要掰碎。先生眼神闪闪，点头称是。

没有酒店的排场，也没有呼朋唤友的阵仗，就着创作话题，一碗热乎清淡的泡馍，嚼出了文化的滋味。也是，羊肉泡馍本就是游牧民族与农耕民族两种文明相互交融的产物，大融合方有大滋味，而大味至淡，大音希声。唯有大口啖之而后快，已经欲辩忘言。

2021 年 12 月 5 日

犹记“一站”田里人

芒种前一天，因为要到西北农林科技大学（早年简称“西农”）参加活动，便有机会到这所老牌农业院校的老校区走走。特殊的时间节点，又置身农业院校，一看才下午五点多，离晚上的活动时间尚早，我便下意识地走向学校原北门外的那片农业试验田——最早的西农“一站”。

芒种这个节气，与土地、炎热、金色、紧张、播种等词紧密连接在一起，当然，也连接了收获。去年寒露播种的冬小麦，此时即将收割，成片的麦子散发着谷物成熟的味道，连空气里都满是新麦的气息。不消说，天气已经很热，是那种熟麦天特有的干热。

关中道自古乃“天府之国”，号称“八百里秦川米粮川”。杨凌位于米粮川的中间地带，是这块狭长地段的“白菜心心”。看似平坦的杨凌城，其实北高南低，整个城从北到南一路倾泻排列，宛如由天空斜铺下来的一匹彩练。在这台塬状的地带，有着三道塬。从北往南，头道塬是典型的大西北气候，种小麦、玉米，也曾种过雪白的棉花；二道塬较为平坦，利于灌溉，小麦、玉米见风就长；三道塬沿渭河，类似小江南气候，荷叶如伞盖，鱼蟹爬满塘，秋来稻米飘香、红薯花生嘟噜成串。一座小城，同时具备三种不同的地理样貌，也就意味着不用跑远路就能完成不同地理条件下各种作物的试验。

这一优势，成为于右任先生在1934年坚决地把国立西北农林专科学校校址选定在这里的主因，而且学校就建在了头道塬顶端叫作风岗的一大片高地之上。农业院校建成之后，少不了田间地头的农业试验，于是在各个台塬之上，就有了西农“一站”、西农“二站”、西农“三站”等试验田。

此刻，我就站在这块地边，人们叫作西农“一站”的试验田边。

小的时候，每到学校放忙假，跟着父母紧紧张张地收割完自家的麦子，便会利用剩余的几天假期到“一站”帮忙数麦粒，就是按照事先捆好的麦捆，数清楚这捆麦穗里每棵麦子的粒数并做好登记。那时候，一到六月大忙天，总有穿着齐整、教师模样的人，到与学校一墙之隔的我村，打听着找到主事的队长，说明来意，一再强调只要初中的孩子数麦粒。

初中孩子毕竟已经上了中学，干起活来自是比小点的孩子精心。眼下马上收割小麦，人常说："三夏大忙，绣女下床。"家家劳动力都紧张，大点的初中孩子都在地里或者打麦场当半个大人用，哪有大忙天还挑剔的理？于是，一边找不到人干活，一边舍不得放弃挣钱机会。就这么睁只眼闭只眼地选定了一些小学高年级的孩子去挣家门口的工钱。要知道，数麦粒早上和下午分别能挣到五毛钱，地里的活一结束，来村里领人的老师就和队长统一结算。双方既无书面手续，也无中人作保，仅仅是几句简单的对话，就下了雇用约定，却从没有发生过干活不给钱的纠纷。一个忙假下来，大多数孩子总会挣到三五块钱，村民也由此感念队长的照顾之恩。

之所以上下午分开计算，是由每个学生的工作认真程度决定的，出现数得马虎、登记错误、把麦种搞混等等问题的人都不会被继续留用，因此上下午的人数也就不固定。又或者收割接近尾声，地里用不了这么多人，就只留下表现稳定的孩子。我总是能留下来干满多半个忙假，直到考上高中。

我观察过我们村同去数麦粒的孩子。他们总是急急忙忙揪下一头麦穗，放在手心揉搓，鼓起腮帮子吹去麦衣，然后把那些麦粒放在地上，一个一个清点完，在表格上填上对应的数字，最后把麦粒撮起来放在带有标签的纸袋里。我不一样。我先把那些捆扎着麦捆的麦秸解开，让那些紧紧挤在一起的麦穗棵子松散开来，细细地找出其中最大的那一根麦穗，隔着麦衣，数一遍到底有多少麦粒，默默地把数字记在心里，再轻轻搓去麦衣，等那些像婴儿一样光溜溜、圆乎乎的麦粒都从麦衣里丢剥出来了，再缓缓吹去麦糠，在手心里数起来。数完后我要和之前数的数字默默对一遍，以免有差错。等我核对完，我才会把这些胖乎乎、浅褐色的种子装进牛皮纸袋里——我从不把麦粒放在地上数。甚至在来“一站”的路上，我会在村北的二支渠里用渠里清凉的水洗了手，拢一拢蓬乱的头发。

那个时候我没有想过为什么要数每根麦穗上有多少粒麦子，心里惦记的是五毛钱的收入。这份惦记除了因能补贴书本费，还和体面有关，甚至还有一个疑问暗藏于心。

虽然只有短短的三五天，但是母亲总在忙碌的抢收空隙给我找出相对新、喧、补丁少的衣服来穿——对我这样敏感的女孩子来说，偶尔穿得体面，比挣到五毛钱更重要。更何况，各家在公家土场上晒麦的时候，说起谁家的娃做工做得时间长、挣得钱多，我多少能收获邻居啧啧的赞叹声。收了假、算完工钱，放学回来背着书包到晒得烫脚的土场上帮家里拢麦粒、张口袋，父母的斥责声也明显比平常少许多，即便说几句，那声气里也少了责备。

到“一站”数麦粒，我心里还装了一个谁也不知道的疑问：我搞不清楚这些人为什么在这么热的天里，要花这么多钱雇几十个孩子数麦粒。听见地里一起收麦子的老师们把一位黑瘦的老头称呼为“赵老师”，那些人看上去一脸谦恭，黑瘦老头却农民般朴实、普通，心里就有了几分疑惑，觉得数麦粒似乎比五毛钱的工钱要重大些。尤其是收割小麦时他们脸上肃正、认真的表情，给我留下了深刻的印象——这一定是一件很重要的事情，要不然这些人不会顶着这么毒的日头在地里一干就是一天，第二天仍旧早早来到地里，哪怕是收麦天突然下白雨，他们也会穿着雨衣、高腰泥鞋在地里忙活，拿我村刘大爷的话说，就是比麦客都舍得下苦。

三十多年后，这个曾经给了我深刻记忆的地方还在。

远远望去，“一站”里成片的麦子泛着金黄，下午六点多的阳光依旧刺眼，麦田里热浪扑面。几位戴着草帽、看不出性别的工作人员，正在地里人工收割逐渐成熟的麦子。地边是一辆“北斗星”，后备箱盖打开着，里边放着扎成小捆的麦穗，每一束麦穗上都有白色的标签，上面写着编号。地边零散地堆放着捆扎成束的麦穗。我站在地边，细密的汗珠渗出来，动一动就是一身汗。

一个身材苗条的人抱着几束麦穗远远地走过来，软沿的米色遮阳帽罩住了整张脸，一条靛蓝色的长布裙裹着修长的身子。这人走到地边，放下怀里抱着的麦穗，转到车后，捡起地上立着的饮料瓶，仰脖喝了一大口。这时候我才看到这是位皮肤白皙的女生，尖尖的下巴，有着大学生那掩盖不住的青春。我问她是在收获试验种子吗，她累得说不出话一般，只是点点头，盖上瓶盖，放下饮料瓶，转身缓缓走向地里，纤细的腰身透着疲惫。不远处，背对着我的工作人员依旧戴着帽子、包裹严实地干活。

地头拉了警示带，出于对科研成果的敬畏，我蹲在地边拍下了几张照片。麻雀和喜鹊在近处跳跃翻飞，身边有学生陆续走过。远处，等待收割的麦田黄得发白，空气中有热气拉成丝缓缓上升，天很蓝，地头很静。

农忙时从附近村里雇来数麦粒的人，早已不见踪迹。或许，雇人数麦粒也早已成为历史。那些曾经在“一站”这片试验田里，在麦收的忙碌里，和我的父母乡亲一样神色、装扮的老师，就像头一年下种、第二年收获的小麦种子，被收纳进时间这只巨大的口袋里。校园里，却一年又一年不间断地拥进来些更加稚嫩的面庞，他们把自己的青春和着麦种一起播种进土地里，在炎热的夏季挥汗收获，一茬又一茬，如割不尽的小麦般，年年金浪翻涌。

曾存在于我的少年记忆中，那位被人喊作“赵老师”的干瘦老头，多年后，我才知道他是谁。他就是被毛主席称为“一个小麦品种挽救了大半个新中国”的中国科学院赵洪璋院士啊！由西农“一站”进北门约二里地的图书馆楼前，一尊汉白玉塑像，生动刻画着赵老师的样貌，目视、陪伴着一茬又一茬的青年学生朗读、背书、试验。近百年的时光里，无数个没有塑像的人，在“一站”忙于播种、耕种，交由土地收割着人的青春和一生。

徘徊在 “一站”和图书馆之间，我突然明白了为什么我每到节气就想去地里看看庄稼，看看土地。一瞬间，我也对三十多年前的疑问有了一个清晰的答案。

2021 年 6 月 7 日初稿

2021 年 6 月 17 日改定

病隙随笔

人间实苦。生病是肉体之苦，却是精神的暂时休憩。躯体搁浅调整的时候，精神往往最为壮硕。

意　外

躺在洁白庞大的核磁共振检查仪上，天花板的白和头脑中的白，联手形成巨大的虚空，紧紧攫住我，有形和无形，此刻高度统一。我被笼罩在白色里，无力挣扎，恐惧不已。掐一下手臂，突如其来的疼，让我从虚空中醒过神来。这个举动之前，我多么希望这是一场梦。是梦就好了，梦醒时分，一切还可以回到正常。

然而，不是。

机器时而急促时而舒缓的嘀嘀声，织布机般交织出我不熟悉的忙碌，这台巨大而雪白的机器照射后，即将得出我想知又怕知的结论。

起因源于一跳，落地时只听见“咔”的一声，我跌坐到了地上，竟然站不起来了，于是就有了开头一幕。结果很快出来：右膝交叉韧带、副韧带损伤，需要打石膏住院。医生对着黑白相间的片子，告诉我受伤位置和眼下状况，我的脑子里却再次空白，似乎片子里那些空白移位到了脑海里：假期读写泡汤了？计划好的分享会暂停？直立行走成了奢望？……一瞬间，脑海里又似乎满满当当，塞满了后悔、恐惧、绝望、无助。

悔意，犹如八爪鱼的触手紧紧缠住我，就像眼下裹着雪白坚硬的石膏的右腿，无法动弹，无可奈何。

制动两个月的预言，成为当下生活的判词。

开始意外住院的第一夜。这一夜，注定漫长而混乱，也注定被悔恨和无望充斥。

病　房

果然，夜梦里上山下海，自由如风。醒来，对着雪白的墙壁，满腹怅然。

这是个单间病房，有两张床，一张是病床，另一张床是陪护床。紧挨着陪护床的是一扇方方正正的窗，有如一个大写的“口”字，“口”外是我想要的生活，“口”内是被困住的我。两天以后，我才知道这方正的“口”，是我暂困人生的窗。

晨曦中，亮光一点点从这方正的画幅中透出来。往北看去，一缕缕初升的金光依次照耀在小城的高楼矮屋上。那些从低到高排列的平房、高楼一点点沐浴在金光中，皴擦笔法般，呈现出鲜明的明暗对比。小城是典型的台塬地形，北高南低，我所住的医院恰好位于二道塬上，窗户正对着北塬。

平日里匆忙穿过城区，很难有机会看到商铺酒肆之内的面貌：在那些灯光闪烁的外表之下，小城里有着低矮的平房、居民早年盖着的二层楼房，以及后来慢慢往北蔓延的新开发的高层。由于地处老城区，矮屋和低楼是这一片建筑群里的主角，层叠高低之间，无声地陈列出小城的发展演变史。各色建筑群由低到高沿坡北上，勾勒出塬坡起伏的身段，也让小城呈现出曲折蜿蜒之美。这扇方正的窗，恰好嵌进一方高低错落的各色屋宇，视野开阔，只要转脸向北，就能看到这幅随着光线变化而呈现出不同景象的写实画。

文似看山不喜平，对文字的要求是这样，建筑和城市的美也如此。晨曦中的画框，让我满腹是忧愁的心顿时清明起来，得了特赦一般。

七点多，照例一拨拨医护风一般往来查房。简单洗漱，吃过早餐，在输液中开启新的一天。一边输液，一边测体温、量血压、测心电图、抽血，走马灯似的，让这具躯体任人诊断。病了的身，失去了自我主宰的自由权，充分体现了他人的自由裁量权，只有配合。

不知什么时候，流行一个词叫“躺平”。在能够行走如风的日子里，我对“躺平”这个词有着和“热闹”一样的抵触，活着就意味着各种忙碌，躺平的趣味是我所不能理解的。眼下被迫躺平，才知道要想真正躺平，也不是一件容易的事。右腿打上石膏，不能动弹，除了右脚可以前后晃动，整个人几乎只能保持一个姿势平躺。于是，大部分时间只能被迫躺平。一个姿势平躺着，压得背部酸痛，尾椎骨疼，不能翻身，只能侧一下暂时缓解。躺了一天，就已深感躺平不易，不知道那些倡导躺平的人，是不是有着强大的内心和体力？

难以忍受的还有如厕的不便。上一次手术距离现在，已经过去了十七年，当年住院所积攒的经验，已全无记忆，尤其是如厕。平日里自然而然的事情，此刻成了全然使不上劲的无力。弟媳帮着搭把手，我甚至不敢正眼看她，那份惭愧、羞怯，仿佛年幼时偶尔尿床怕被责骂。病床上的尊严，到底虚无一些。

四四方方的口字窗外，夜幕低垂，暮色阑珊。正是仲秋时节，秋气如水般袭来。原本这样的时节，该是日日是好日，漫步山野，听秋虫鸣唱，看田野秋色，而此刻我却格外失落。画框里的建筑群笼在夜色中，万家灯火，户户璀璨，人间烟火里的美好在繁忙中结束，也即将在清凉袭来时开启。

病房里蓝色的布帘垂下来，隔出一方宁静。窗下是停车场出口的电子女声："432 号请出场，祝您一路顺风。"电子合成的声音，祝福声也是夜色一般冰凉，让这宁静的夜透出莫名孤单。"老虎杠子鸡！老虎杠子杠！……"街边餐馆还在营业，阵阵划拳声飘上来，到底是鸡赢了还是杠子赢了？

有人肯定是赢了酒。其实并无输赢，输即是赢，人生亦如此。

听着划拳声，迷迷糊糊睡去。

金　色

秋天是金色的，连太阳都泛着暖人心的金色。金色的阳光镌刻进方正的画框里，由低到高排列的低屋高楼就成了流光溢彩的琼台楼阁。金色统领了楼宇的时候，第三天开启。

收到文友杨柳岸先生发来的文字，摘录如下：

才女好。昨日选红处得知您因伤入院治疗，这里我略表慰问和因不便亲自探访之歉意。2016、2017两年我两次住院，对住院的度日如年深有体会。前不久我读了您新散文作品集中那篇住院文章。小病小灾是福，这种民间智慧，其实是很深刻的，其中蕴含的随时可参禅，值得深味再三。

紧张的平常生活按下暂停键，可促人反思生活。因病得闲，得静，而闲与安，又是福。惜福结缘。这正是小病小灾是福这话的深意。

安静中宜读书。当然也宜静思默想，这是一种自己与自己的深入交流、心灵对话。一种感激之情会充盈身心。因为我可能不便在您住院或此后疗养期间探望，仅以此简单文字略表心意。祝早日康复。

这段话，于晨曦初现中随着新的一日一同到来，文字的新鲜禅机，透着有力的支撑，不亚于昨晨窗口一瞥，一夜的混沌顿消。回复如下：

感谢杨老师的文字探望、点化与相知。确实如此，过于忙碌就成了盲，所以生病也不是坏事，正好与自己对话、安心读写。只是失去自由暂时有点痛苦。也理解了您这么多年的病痛与不易。再次感谢您，相知无远近，文字到了心意自然就到了，何况这文字里满含智慧。看您昨日潇洒，很羡慕，能奔波是福气。希望您福气常在。

对答唱和里，彼此的关注与懂得皆在，人世里的情谊温暖也在。人世间的格物致知，在《红楼梦》里是王熙凤逗弄巧姐时，孩子手里的佛手，富贵人家的致知建立在真实的格物之上。民间情意的格物致知，却是质朴关心里的点化与相知，在生活中得到开示，一切有如法。所谓诸相非相，把生病当成参禅修行，从而修心，只有力耕不吾欺，才会不枉此心。

瞬间身心清凉。

适应了躺着生活，看什么都是高高在上，天花板、灯管、窗帘帘头。人也都高大起来。俗话讲，山外有山，人外自然有人。低于平常视角，人人皆在我之上，不论外貌还是智力，没来由地对他人充满羡慕与敬重。平日里，也自认为是谦逊的人，不肯自我吹嘘，不屑于自我标榜，觉得虚弱者才精于此。而此时，这种低于尘埃的感触更深。

病房里不知何时隐了一只蟋蟀，偶尔鸣叫几声，那清脆的叫声有着“促织”的善意提醒，给秋日病房增加了几分凉意，也让我在回忆里漫步田野。

记得一次穿过一大片玉米方阵，绿油油满眼生机的玉米正是最壮观的时候，油绿、粗壮的玉米士兵，一个个顶着米褐色的天花，神气十足，骄傲地奉出腰间正在膨胀的果实。我喜欢在这样的田野里行走，那份踏实与富足，远比手捧一束鲜花要让人安心。玉米叶的边缘有着细小的锯齿，不小心就会划擦手臂，留下浅红的线痕，仿佛护孩子的母亲，警告我应与她的孩子保持距离。走过这样的方阵，风里混合着草木独有的芬芳，那份略带发酵的木本气息，让人安心。草木有本心，何求美人折？这满目的玉米，正是如此的无欲无求，才会自在摇曳，分外多情。我想，我乐于常年在田野里徜徉，享受的可能就是这样的恣意洒脱。

利奥波德对人类最大的贡献，是他提出的“土地伦理”理念。他认为，土地不光是土壤，它还包括气候、水、植物和动物，而土地伦理则是要把人类从以土地征服者自居的角色，变成这个共同体中平等的一员。它暗含着对每个成员的尊敬，也包括对这个共同体本身的尊敬。

土地，永远是一部大书，其中暗含的智慧，让人一生受益无穷。这种对天地万物的平等和尊敬意识，同样适用于人类之间的交往。儒家仁爱，墨家兼爱，道家博爱，万变归宗，爱是永恒主题，才会仁者无敌。

四方的窗暗下来，灿然灯火上演着万家团聚。

窗内，是沉默的口。

秋 水

下雨了。雨滴飘落在半开的窗玻璃上，流淌出蜿蜒曲折的水线，让方窗画框里的景致模糊起来。不远处的高矮建筑呈现出阴润的朦胧美，模糊而扭曲。

莫名喜欢秋雨。春雨带着新鲜活泼的地气，天地簇新，有着娇嫩的新暄，似婴儿吹弹可破的肌肤。秋雨，则像是位麻衣执杖的老者，惯看风云，却恬淡寡言，带着不疾不徐的老成庄重。这样的秋晨，最宜于撑一把伞，漫步田埂，看远山近树披挂着牛乳般的薄雾，隐在薄薄的秋意里。收获的田野湿漉漉的，那些掰掉了玉米棒子的秸秆，灰扑扑的，软塌塌地倒伏在田间地头，以这样的方式重回大地的怀抱。冬小麦还没有播种，土地预备着寒露前后的忙碌，田野渊默而沉郁。空气中有鸟儿偶尔的叫声，河流哗哗地奔流，涨水了，秋意在这百般清润中浓郁起来。最好脱掉鞋子，赤脚踩着松软潮湿的泥土，让地气从脚底缓缓升起，身心都是温润通透的。接了秋日的地气，人也饱满丰厚起来，精神格外清爽。

能够自由行走的日子，接地气是件幸福的事。

听着雨滴轻柔落在玻璃窗上，开始一天里最重要的事：输液。每天四到五瓶的液体，带着若有若无的凉意缓缓输入我的身体。大瓶需要六十分钟，小瓶则是三十五分钟，整整一个上午，就这样在输液管的滴答中过去。

输液的时候，我几乎都在睡觉。近几年的连续奔忙，总让我感觉睡眠不足。经常一睁眼想到还有很多事等着，就格外地依恋床。这几天正好补补觉。输完液，也养足了精神，下午翻书、写字、浮想联翩。

秋日，最易和水发生联系。秋雨是水，露水也是水。秋水共长天，秋水文章不染尘，秋水日潺湲，自然界的美妙秋景也好，文字上的洁净爽利也好，抑或田园秋景里的送别场景，都赋予了秋水浓浓的情感色彩。到了庄子这里，秋水成了河伯的自我对照，从秋水里映照到自我的认识浅薄，是以水为镜。王昌龄的边塞诗中有“饮马渡秋水，水寒风似刀”，何止是水寒，更是战争离乱的心寒。老百姓苦于战火纷争，风也寒似刀，尽管时值秋日，诗人却无心秋景之美，美景虚设。

输着凉若秋水的液体，似乎心神也如秋日般宁静澄澈起来，几天前的焦虑、绝望渐渐褪去，心平意静。似乎吊瓶里是沧浪之水，可以濯我心。

比我小十来岁的弟弟憨厚、有趣，弟媳贤惠、本分，一对儿朴实的庄户人。这几天，两口子轮流替换着照顾我的饮食起居，也帮衬着我度过眼下的艰难日子。

弟弟有个本事，会冷不丁冒出一两句惹人发笑的话来，而他自己则置身事外般不苟言笑。住院四天，每每如厕，他递过便盆就候在门外。前两天，他总是问几遍才能进来，难免久候；今天可能是我适应了床上的节奏，速度快了很多，弟弟说："你现在是个'熟练工'了。"

打上石膏，久了就会病肢肿胀，医生提醒要活动脚掌，以利血液循环。弟弟说，医院招骨科护士估计很严格。我问为什么，他还是一贯的一本正经，说："打石膏久了，估计下床都不会走路，万一招的护士是外八字，病人也就学成了外八字，能不严格？"我正在喝牛奶，"噗"地喷了一被罩。

有这样的弟弟，住院额外多了些乐趣。输液的时候，他会给我讲村子里的事情：谁家的儿子媳妇不孝顺老人，待老人生活苛刻；谁家孩子孝顺，把事业弄大了。相邻几个村卖了地，分得了些钱，就有学坏的人抽大烟赌博，从而败家败坏风气。说起张家岗村，弟弟说："咱堡子风气好，没有这些瞎毛病。"

我这个弟弟，用本地话说，是个"垫窝"，意即最小的孩子，从小在我的臂弯里长大。记得也是这样深秋时节的夜晚，我睡在厦子房里，听到一声不太响亮的婴儿哭声。婆轻轻推门进来，隐忍着兴奋问我睡了没有，我说没睡。婆说："你妈给你生了个弟弟。"我噌地坐起来就要去看，婆说：

“悄着，你先睡觉，明早去看小弟弟，长得真心疼，不像个碎娃。”

就这样，这个最小的弟弟就成了我少年时的玩伴，确切地说是个玩具。还在婴儿期的弟弟，最喜欢我抱他，总是伸长了胳膊要我抱，于是，和同伴们跳房子、跳皮筋、打沙包、摔四角的时候，我总带他在身边。那时候他不会坐，我就找块阴凉地，铺了塑料布让他躺着，他就歪着脑袋跟随我们的游戏转扭着毛发稀疏的小脑袋，小伙伴们则轮流去逗弄他，尽量不让他发出哭声。有时候被下地回来的母亲撞见，她的“垫窝儿子”竟然睡在地上，而我却忙着跳皮筋或者摔四角，少不了骂我几句，怕地上凉冻着了孩子。弟弟这时候总是静静地吃着奶，时不时歪过头看看我，如果我哭丧着脸，弟弟就不再吃奶，看着母亲，似乎在替我求情。

记得弟弟出生第二年夏忙，那时候他还不足一岁，母亲去地里割麦，往常都是半下午回来给弟弟喂一次奶。一天不知何故，直到太阳落山也没见母亲回来。弟弟早已饿得哇哇直哭。村里的新茹婶从门口过，看到弟弟哭得撕心裂肺，便放下手中的镰刀，接过孩子抱在怀里，柔声给弟弟说：“妈妈一会儿就回来，我娃乖，甭哭甭哭。”哭得眼泪纷飞的弟弟此时神奇地止住了哭声，哽咽着静静地看着新茹婶。

弟弟说，他小的时候，大概七八岁的样子，那时候我已经考到了西安。一个冬天的晚上，母亲不在家，他在厨房里洗完锅，外面已经黑透了，他一个人看着外面黑乎乎的院墙不敢出厨房门，默默地坐在石棉瓦盖就的厨房里哭。我家厨房外是一条小路，常有村人路过。蛋蛋娃的姐姐雪莉正好从墙外经过，听到了他的哭声，大声地喊着他的名字，告诉他："你妈马上就回来了，走到头门口了，甭哭，甭害怕。"他立马不怕了，仿佛听到了母亲开头门锁的声音。说起这件事，弟弟说，他一直很感激雪莉姐。

乡里的淳朴民风，让村人世代与人为善，也让村风纯正纯良，这是乡土社会的隐形公序良俗，也是阻止村风滑坡的看不见的规则线。

二　胡

每天下午，窗外某处总有人拉二胡，不间断地演奏秦腔戏，有时是曲牌，有时是唱段，无一不是轻快活泼的节奏。

想必那演奏者该是一位老者，历经了年少轻狂，走过了中年沉稳，渐入老境之后，看淡了人生起伏，选曲、手法透着豁达通透，曲子也听着叫人心神松弛，少了紧锣密鼓的紧张气息。偶有呕哑嘲哳，想来是手法失误，并不影响听感，倒也充满意外的乐趣。演奏者只是拉着曲子，并无唱和，也无停歇之意，一曲一曲舒缓接续，当是独自沉浸其中，只为自己演奏一段心曲。这样的人，是尘世的出离者，在尘世里浸泡过，自然知道尘世之苦辣酸甜，也知晓人世艰辛，曲音中的恬淡平和，是看破人世的疏朗开阔，犹如长天秋水，风阔帆悬，自是一番自在自适。在这样的佳妙演奏中，沉沉午睡，有着额外的踏实安定。

从楼道里每天往来不多的脚步及谈话声里，估摸着这家医院住院患者不多，白天偶有几阵嘈杂，过后皆归于无声。到了夜晚八九点钟，临街店铺正是繁华启幕之时，各种乐声、厨间剁切声和锅铲碰撞声以及人声嘈杂的时候，病房外却格外安静。白天时，从来往患者的交谈语气及方言中，判断当是周边及本地的村民居多。白天习惯了田间劳作的彼此招呼，故而交谈大声；夜间习惯于日落而息，于是夜晚来临便静默无言。这样的环境颇合我的胃口，嘈杂只是一瞬，大部分时间寂寂无声，空气虽有些凝滞，思路却格外活跃清晰，也算是意外捡了个便宜。

病房里有两只蚊子，体形硕大，翅须分明。一只落于天花板北角，一只停驻在天花板南角。两只蚊子似乎素不相识，从无交集也从不交流，白天各自静静潜伏，若不留心，以为是墙角的两滴焦墨。到了夜晚，两只蚊子活跃起来，在不大的病房里徐徐飞翔，展示空中飞行技术，欺我不能移动，不时俯冲下来，企图在我裸露的臂膊上补充能量，自然被我识破。挥之则去，不留神则来，像极了不中意却总是纠缠的追求者。

已是第五天。被医生允许拄拐杖下地稍站片刻，以活动躺得僵硬的躯体。拄着双拐站立起来，有些气虚般站立不稳。五天不接地气，自然无从补气，气虚无力实属正常。

缓步移至口字窗前，平素嵌在画框里的景致豁然延展开来，斗方变成了长卷。那些低矮的平房、层叠的二层楼房、敦实的小高楼以及北塬上高可接天入云的高层，晕染着不同色彩，在眼前徐徐展开。楼宇间绿树点缀，各色瓷片穿插，犹如一幅油画静默在秋日的蓝天下，老城景色尽收眼底，那份历经岁月的沧桑老旧也尽收眼底。没有老房子、旧建筑的城市是不完整的，像一个看不到来路底细的暴发户。而眼下，这幅仲秋老城图，却更像一位沉默的旧式贵族，不着一言，却风雅毕现。

临近黄昏，太阳徐徐落下，绯红的光涂抹在高楼上，在不同底色的楼体上幻化出深浅浓淡，低矮些的楼房则变成了这幅长卷里的暗影，让这短暂的落日余晖透出光与影的明暗对比。高楼上的玻璃窗反射着一天最后的温暖，窗后面即将开始倦鸟归巢的人间团聚。

楼下果然是停车场出口，掩在一棵阔大的梧桐树冠下，电子显示器和抬杆隐约可见，难怪每日里出场车辆播报声言犹在耳。那位二胡演奏家今日没来，想必换了演出场地或者家中有事，邻近店铺里节奏急迫、声响吵闹的流行歌占领了这一方上空，在唇齿不清中为了爱恨情仇死去活来。

不知是南还是北的那一只蚊子，在玻璃窗内向往着外面的光明。玻璃透明的观感给了它挣扎的动力，或者给了它奋斗的假象，它扇动着翅膀，急促地扇动着翅膀和触角，力图冲向目之所视的光明与热闹。一天即将完结，它似乎得了某种暗示，拼命地扇动、挣扎。我注视着这可怜的小生物，不忍在它落魄时给它致命一击。即使此刻下手，那里也没有蚊子血，更不会变作胸口的朱砂痣，人世艰难，且放它一条生路吧。

夜幕降下的速度总是快于清晨的晨光初升，仿佛那看不见的远山背后有沉沉的牵绊拉扯着太阳的脚，片刻之间，照射在楼体上的光线迅速消退，太阳收回了它的慷慨，那短暂的辉煌也踪迹全无，似卸了妆的美妇恢复了素颜。简素、质朴，有着粗陶瓦罐的天然之美，格外让人安定。

那只蚊子还在挣扎。

高　楼

住院一周，出院回家，困在高楼。

若自由，高楼可酣眠，可望月，可把酒临风，也可呼朋唤友发思古之幽情，酣高楼有魏晋之风。于我，眼下只可隔着阳台玻璃，远观邻楼半截高顶，在停滞不动的一块高天中揣摩秋日高旷，想象长风万里送秋雁的意蕴，只是此送也无奈为玻璃窗内的目送。困于家宅，多数以静制动，是为静养。读书静，喝茶也静，临帖更静。若有上帝之眼，俯瞰这一楼内景致，必定觉得世上还是苦人多。

好在家宅熟悉，可供取乐的花样也多。

翻几本平日想读的闲书，开启一天的首乐。读书之乐，在于四海之内皆可骋目游怀，古往今来，随手一翻，想在哪一世便在哪一世，吟啸可以荒腔走板，歌赋可以不在意平仄。文字里既可杀气腾腾征战古今，也可才子佳人奇闻逸事，动静相宜，喜乐自知。苦海无边，唯读书是岸。

喝茶最为惬意，沙场秋点兵，茶壶是将也是兵，点中哪个哪个伺候。围炉煮水，炉盖轻唱，格外自在温暖，或煮或泡，随壶而定，酣畅淋漓间自有一番天地，思绪任意飘飞，一如壶嘴的嘟嘟吐气声。

临帖是新添的念想。早几年，好友劝我临帖习字，谓之艺术相通。游于艺，也是赏心乐事，可苦于下不了决心。一贯以为，字纸之间可通神，字纸之内有春秋，不可轻易待之。踟蹰犹豫三年有余，借着困守，铺纸展墨，一呼一吸之间，手抖，身歪，臂墨，心慌，在生疏中气息平稳。浓淡枯湿焦，横竖撇捺折，无须磨墨，却要磨心性。每日间，焚香，启乐，展纸，静静地在纸上琢磨结构起收，反反复复，乐在其间。人与字的战争，没有几十几百个回合，无法消停，只是可惜了那些田字格。

在余秋雨眼里，普洱茶、昆曲、书法是举世独有的三项文化。耳畔，音箱里《游园惊梦》中那句“原来姹紫嫣红开遍”的前奏正叮叮咣咣起。

寒　衣

寒衣节，要给故去的亲人烧纸送寒衣。或许因伤，母亲已来过梦里探看了几回。只是梦里容颜依稀，梦醒枕畔枯寒。

彼此惦念，无关人鬼阴阳；腿脚受困，行走却成奢望。平日里简单的事，特殊时刻也是万难，空有一颗发愿的心。世事总难平，心意更难平。

佛家讲，爱恨痴嗔之心要不得，戒定慧方能离苦得乐。可人世行走，要戒的东西太多，有太多人事让人情不得已。

今日便是更加特殊，无力感让人不由慨叹万事皆空。

思念却挡不住，在寒夜里痛哭过一回。预备烧给她的书里，有她的人和事，也有给她的留言，虽然她并不识字。只是眼下终究没法带去，寄希望于冬至时节当面说给她，了一桩彼此牵挂的悠悠心事。天地阴阳，虽是亲人，却早已不处于同世同时，即便是这一世的母女。无奈长叹一句，我有所念人，隔在远远乡。

夜里读书，读到“休问梁园旧宾客，茂陵秋雨病相如”，不禁潸然。“休问”一词，有多少欲问还休，又有多少失意惘然，无端想起“此情可待成追忆，只是当时已惘然”的句子。这两句正合当下心境和处境。虽然前几日难得小阳秋，却无奈离人心上秋，更何况今日阴沉迷蒙，天气也似映照心情，更加悲苦不堪。

久久不能入睡，起来练练字吧。前几日临“智慧如海”，心绪也如海般平静，今日思绪难平，格外属意悲欣交集。世事亦如海，悲却总多于欣。这或许才是世事常态。

抬头窗外，唯有故楼月，远近都随人。

天　地

偶读《集王圣教序》，开篇一句“盖闻：二仪有像，显覆载以含生；四时无形，潜寒暑以化物”，让人动容并深以为然。想起“天地无言，四时行焉”的句子，天地有大美而不言，这是天地给予我们的启示和教化，有心者自然天授之。

天地总是无言，只是默默地寒暑更替，季节轮回，在默然中含生化物，是为上天有好生之德。在老子眼里，天地也有不仁的时候，以万物为祭祀的草狗。这样的时候，是人为天地赋予了主观的情感因素。

又是暮秋。前几天遵医嘱单拐下楼，但见秋风飒飒，木叶脱尽，树木依序换装，天地静静更替。我言秋日胜春朝，的确，这时的秋饱满、丰富、斑斓，是四季中最美的时光。

缠绵于病榻，多数心绪平和，偶有低沉，难免会自问生命的意义。暂停、问心、独处，这样的一段时期其实是生命进入了秋季，比起春的初萌、夏的炽热、冬的纳藏，秋季才是最宜休养身心的时节。

眼下，人生业已中年，正对应了季节之秋，停下来休整内心，除草、杀虫、松土，在一个重叠了季节与生命的时节里，让心里的欲望与忙碌木叶尽脱，只留一树蓬勃向上、笔直坚挺的主干纵情天宇，只保留滋养生命的最主要部分，这是何等的天赐佳时？如此，确实天地无言，却机缘毕现；大道至简，却所言不虚。

定 数

一直以来很喜欢一些词。比如清正、月白、青碧，又比如竹风、林海、山色，有着旧体诗的雅致，也有着旧时文人的气息，那样的词语里，暗藏着缓慢、散淡、风骨，如一副旧时女儿佩戴的银簪，在木纹斑驳的旧首饰匣里发出幽冷的光，也如回到依四时而耕种收藏的农耕时代，节奏舒缓，不慌不忙。

双拐挪步的我，像极了压在五指山下那只无奈的猴子，眼看着花开花落、四季轮回，却无可奈何。哪怕是渴极，眼看着桌上的半杯水，也是望水兴叹而不得。

单拐行走，身上的石山似乎减轻了一半分量，有着以此为界的一别两宽——自此便要与病痛渐行渐远。脱离了“四脚”行走，算是人猿相揖别，心情也是大好——到底自由许多。喝水、吃饭成了力所能及之事，减少了多少家人、好友的奔波辛劳。

及至能脱拐慢慢挪步走动，能稍微长久站立——这样的站立足以炒一盘菜出来，不至于眼巴巴地劳人送——随之而来的，是另外一个喜欢的词：定数。人有时候总不太相信很多事情是命定的——这么说似乎有些宿命论，有些不彻底的无神论。然而事实总是无言以辩。

腿疾将愈，慢慢地，各种事情找上门来，各种必要参与的活动也名正言顺地进入日程安排。按照医生之前的医嘱，受伤的右腿六周后脱拐，并逐步练习膝盖弯曲，以便后期正常行走及下蹲。离第六周还剩一周时间时，在家基本能够不用拐杖行走，虽稍有颠簸，有如风儿掠过海面，外人看上去定是笨拙，但总算实现了直立行走，膝盖这时候也可以弯曲到三十度，甚至五十度。如果母亲还活着，看到这些她一定会说：啥都有定数，由不得人。

其实，何止生病痊愈与世事忙碌，世间很多事都有定数。人与人之间的关系，一件事的成败，与谁恋爱结婚，冥冥之中此生所成能有多大，皆有天定的命数，总会按照那条看不见的轨迹运行。否则，人不会在事过之后仔细回想这件事的经过，叹一声，原来命里如此。

佛家讲，一期一会。不纠结，不执念，坦然活在当下，即便是意外生病时的困顿，都是上天赐予的顿悟机缘，是另一种休憩、对话、和解。想想每一天都是命定的人生中不可追的一天，自会坦然而珍惜。

2023 年 10 月

第四章

高枕南山

庙会看戏

正月二十五，恩义寺庙会。三天的会，今天是最后一天，赶了个会尾巴。

一街两巷的吃食饮料、花草苗木、案板铁器，夹杂着各种吆喝冲破阴沉的天，又打着旋儿落下来，这一条东西走向的狭长路面便如同锅里滚开了的热水，咕嘟着，路人头上冒着热气般发出一缕缕声响，压得人只好缓步徐行。人和人之间，也被这黏稠的声响调和着，而愈发挤不过去了——沉寂了三年，闹哄哄的人间回来了。

咿咿呀呀的唱腔钻入耳朵。多年没看过戏，熟悉的鼓点是秦腔特有的，极具辨识度。循声找到戏台。

提着马扎，同样没挤进中间“坐席”的壮年们，脸上斑斑油漆未及清洗，手里还攥着一把劈刀，和一堆灰沓沓的老汉、斑斓着上衣的老太挤在一起，把中间场地上离戏台近、观赏效果佳的坐席圈成个半圆，戏台下一时黑压压一片。绕着戏台子，以灰黑色为基调，花花绿绿点缀其间，偌大的空地上，观众就形成了一个椭圆，圆里响器家伙正奏出热烈的秦腔片段，圆外飘着油香、发散着酸醋油辣子的调料气——一排排凉皮、凉粉、猪头肉、牛羊肉泡馍小摊镶在这一圈人群的椭圆上，秦腔戏就天然地带了缠绕不清的天然民间气、吃喝气，成了格外富足的吃饱喝足看戏的乡间小康。

戴着花绒布帽子，坐在马扎上，穿着黑底牡丹团花上衣的圆脸老太仰起脸告诉我，下午演折子戏，这会儿正演《瓜女婿》。

瓜女婿是个老梗。小时候常听村子里的年轻媳妇彼此打趣，这个词就作为互损的暗语充盈了日常对话，调笑内容也随着社会的发展同步更新补充。回老家或去某村采风，也常会听到这个熟悉的词。生活中哪句话不合常规或者说得冒了气、出了洋相，就会被人戏称“你跟个瓜女婿一样”。这个词从戏台上延展到生活中，几十年过去，依旧不时出现，并不断壮大，想必是戏台的教化功劳。

直到癸卯年的今天，这出老戏里，瓜女婿依旧说着四六不着的笑话，和自家的新媳妇打趣，又在回门的时候让丈母娘哭笑不得。此刻，戏台上的瓜女婿正在跟媳妇吹牛——

“我念过大学。”

“你念的啥大学？学的啥？”

“我在人家咻大学担、担、担过粪。”

“但是我会说外国话。”

“那你说几句叫我听听。”

“你看，台子底下的老汉叔戴了个眼镜，眼镜的英语是‘隔着玻璃看’。”

“为啥呀？”

“眼镜上不是有两片玻璃么，看人就是隔着玻璃看么。”

“哦，这就是眼镜的英语呀。”

……

台上小两口一唱一和，台下早已是笑声哗哗如潮水。

记起大人们常说的一句话来：“唱戏的是疯子，看戏的是瓜子。”用来形容演员演戏和观众看戏时投入、如痴如醉的状态。可不，虽说立了春，天气仍旧湿冷，刚下过雨的泥地湿凉打滑，可人们看戏的热情不减。台下观众棉袄棉帽，台上演员单薄俏丽，风带着寒意一阵阵刮过来，庙会上红黄旗帜随风高扬。这样热闹的民间情景似乎几年都不曾见过了。

身着戏服的新婚两口子，丑角瓜女婿扑了白鼻子，一瘸一拐，说话结巴还带着股傻劲儿；新娘子苗条漂亮，伶牙俐齿，脑袋瓜清楚。一丑一美，一瓜一灵，台下笑声阵阵。演了几十年的老戏，都是些老掉牙的笑料，笑声却不论什么时候都崭新。尤其是历经了三年特殊时期，似乎这笑声更加爽朗，格外开怀。

可惜的是，尾巴会上看的这场尾巴戏，没过二十分钟就结束了。广播里一个地道陕西方言的男声通知，晚上七点演本戏《周仁回府》。

戏场出入口处，照例有面色粗黑的中年妇女“臊子面、油泼面、蒸面皮”地吆喝着。

出了戏场子，一路挤在花花绿绿的人流里东张西望，瞅瞅稀奇。胳膊腿的缝隙里，瞅见一处卖大红漆盘的摊子。一对上了年纪的老夫妻向围观人群介绍自家手工制作的桐木漆盘。陕西人逢贵客临门，或者重要节日，才会用擦得油亮的大红漆盘端旗花面、冷热碟子上席，以示主人的重视、客人的尊贵。多年不见这样的家具，毫不犹豫买下一个小盘。大红的底色和边框泛着欢快的喜气，正中间描着金边的荷叶荷花朴拙灵动，金色边框略有粗细不匀之笔，背后原色木纹，却被推得平展光滑——手工的东西越来越难见了。

2023 年 2 月 15 日

乡村夜味

没有月亮，乡村却很明亮。

明亮的乡村是夜半苏醒的农人，迷迷糊糊，透着城市所缺少的慵懒、静谧、安详，甚至有几分不谙世事。这种散漫气息让人格外着迷，走得久了，人也跟着懒散、安静起来，行动平常舒缓，心里却一点点明亮，就像一步步靠近那敞开的、亮着灯的屋院，生出无限平静。乡村因此处处明亮起来。让乡村明亮起来的还有路灯，路灯挑着硕大的灯盘，孤高清瘦，立在清凉的夜里，路灯于是就成了乡村的月亮，乡村因此有很多高挑青白的月亮。

时节已过小暑。相较于城市，乡村的夜晚凉爽静谧。成片的树木和玉米，高低不齐地站立在暗影里，让无月亮的夜晚看上去厚重朴实。植物们并不沉默，植物们散发出气味特殊的清香，无言地亮出它们的身份证。植物们用气味告诉世间它们的存在。伏天里，正是植物奋力生长的时候，植物们顽强的生命力，透过粗壮的枝干让它们散发出不同于以往的味气。百草有形，草木百味，不同的味气混合成繁茂丰富的清香，弥漫在天地间，以这种无处不在的方式安居人间，让人抓摸不着却时时被提醒。

这么说，味道是植物生命存续的一种佐证，可以无视其形，而味道却处处都在，让人不可逃避，不得不停顿下来，在这味道里辨别这是艾草的药香，这是苦艾的清苦，这是苋菜若有若无的淡香，这是松柏的醒脑香，这是柳树的甜香，等等。每一种植物都轻微发散着自己独特的味道，在种类和数量同样庞大的植物界，以这种方式让自己独占一隅，独活于世。是不是可以说，这漫天而来的味道里隐喻了强盛的生命，也间接地告知万物有灵？穿行在植物的味道里，也行走在植物完整的生命中，对人间草木的理解，让人心生敬重，不由放轻了脚步，生怕惊扰了这浓密的味道。

真正的农人，并不在夜里亲近植物。树木让他们白天的劳作有一些阴凉，或者送来丝丝清爽的凉风，不至于被头顶让人睁不开眼的大太阳晒得体力不支。而在高大魁梧植物的庇护下，他们要照料随季而来的小体型植物，这些植物是他们祖祖辈辈繁衍生息的生存所需。依赖着随处可见的绿荫和凉风，需要照料的植物总是让他们心生希望。即便是太阳隐退，田野凉爽，半人高的玉米地也使人透不过气来，穿行在绿意葱茏的玉米阵里，看上去只有上半身在游走，而双腿则在整齐的玉米秆中悄然行进，人就像在一片浓墨重彩的绿海中浮游。

农人在烈日下耕耘，汗水也在农人的脖项间耕耘，只是农人的手里有可预见的丰收在不远处等着，而脖项间的汗水往往辛苦无获。

到了夜里，田野被夜色完全吞噬，只留下白天里那些遮阴的树木和生长旺盛的庄稼，静立成一个个高高低低的剪影，在深蓝色的天幕下自我画像。夜晚的田野，是鸟兽走虫的世界，人是从不去惊扰的。

三五农人，总是愿意在房舍的四周围堆纳凉。从谁家孩子考上高中，到谁家又新出生了孙子，村子里的新闻发布会总是主题零散，天上地下，像头顶上那一片散开的繁星，彼此遥望却无法关联。嘴上说着闲话，双手照例要抱在交叠的小腿上，前后晃着，并不失去平衡。手中也不拿着扇子，蚊虫却不骚扰。也有人趁晚上凉，在新建的屋宇前起土垫院。这样的晚会，照例要开到夜里九点左右，到了十点，那些开着灯供闲聊照明的门道也黑黢黢的了——得早睡，明天还要早起，给玉米捉虫打药，给后院起土垫圈。人们随着太阳的升落醒眠。

凉意包围了村庄，四周愈发寂静，鸣虫们也悄默着不出声。只有卧在门道里的狗依旧清醒，只要人从门前经过，狗往往趴低了身子，和夜色一样漆黑的眸子警惕地盯着人，伴着长腰弓起，吠叫几声，以示尽职。村庄因此就有了几声动静，不过，很快又恢复平静。狗也睡了。

行走在无风的村道里，寂静而清爽，让人忘记这是伏天里的某一天。

2023 年 7 月 17 日

网

风把一些潮腥沾在那些精美的图案上。丝缕均匀的图案，精密且精致，有着人工所不及的天然美。虽然有些已经破碎了，看不出原有的花纹，但是残破之中却无意间显露出风的心思——风是这些残破之美的加工者。有些图案显然是主人新近创作的，编织细密，经纬分明，圆形、八卦、菱形，小型展览般展示着主人精巧的编工。这样的图案上，中央或边缘总有一只腿脚修长、身体丰满的主人在上下忙碌。

这些图案属于蜘蛛们。这是它们安放一生的家。

一只灰长腿、米黄身体的蜘蛛挂在网中央，背身仰起圆圆的、有些类似人面的脸，注视着网外的世界。黑而圆的眸子，水汪汪的，少女的星眸般深情——离远看，只看到它挂在网中央，似一位正居大殿，正接受百官朝贺或议政的王，纹丝不动。凑近看，才发觉它仰起脸，把圆润的背对着网外的世界——那近似人面的，竟是它的背。这样巧妙的伪装，让第一次看到这张“脸”的侵入者，竟生出止步的敬畏来，甚至有些被发现的恐慌，这恰恰阻拦了即将发生的侵略或者伤害。这只八脚人面蜘蛛此时正粘挂在网中央，似乎在思索着句子——是的，在思索句子。好的作家，面对文字，背对文坛。这只蜘蛛在自己的世界里书写，想着属于自己的句子，用人脸般的背做伪装，一边不动声色地观察着这个丰富的世界，以及那么多不同形状的人，一边用八条腿一圈又一圈密织它的文字世界——这八卦形的网就是它的作品。

每张网都是几无差别，然而每张网却都不同。除了形状大小的差异，每张都透着不同的生机，也展示着不同的世界和生活。

这是一张新网，我敢确定。居于边缘正在忙碌行走巡视疆域的，是一只黑褐色的蜘蛛——对它来说，这张网显然有些“地大物博”，它爬动到边缘，伸出它的右腿（且以观者为左右主宰这一方位吧，或许这不免会引起知情后的主人哂笑一番），试探着那虚空的、无法触摸的空白，那里依然是无边且巨大的未知领土，还不曾以粗细均匀、弹性十足的界线明确所属。它发觉这一带并不熟悉，便迅速收起那条探索的右腿，快速退回。由此，我判定这是一只年轻的充满活力的蜘蛛——年轻人总是这样反应迅速。这只蜘蛛急速地往上爬去——我又开始替它定方位了。熟悉的路线总是安全的，这只蜘蛛灵巧地移动，八条腿协调有序。它似乎对自己所属的边界不甚明了，它继续爬行，爬到边缘的时候，停了下来，这次，它伸出左腿探了探，发觉那里似乎被粘上的小虫荡掉了一根丝线，它迅即觉察到这巨大的安全隐患，伸过人形后背，无声地吐出透明均匀的银色丝线修补起来。丝线的吐纳速度显然比爬行速度快很多。很快，那缺损的一处便恢复如初，仿佛不曾破损过。年轻人的迅疾，总是使人慨叹，青春不仅意味着活力，也意味着良好的自愈能力。它继续爬行，四处检修，这张网现在看上去图案精美，完好新鲜——这是一只年轻的完美主义蜘蛛。

隔了一根有些斑驳的红漆柱子，与年轻蜘蛛隔柱而居的邻居显然富甲天下。那些误入陷阱的小飞虫挂满了这张图案精美、丝线粗壮的网，让这张网看上去像一棵结满了橘子的橘树，这显然是一张处处透露出丰收喜悦的网。规范整齐又细密美观的蛛网格间，被猎物包围起来的是一只壮硕得有些过分的蜘蛛，它灰褐色的身体悬吊在网中央，一动不动。富足的猎物将它包裹着，巨大的安全感让它失去了四处巡查的心思。它就这么悬挂着，令人看不到脸庞，凑近了也看不到，看来富足的生活让生动的表情也变得多余，一副懒洋洋的财主样。这张网以它旁边的栏杆为依托，有着庞大建筑旁的偏殿群样貌，这只好眼光的蜘蛛依凭天然的地势，成为一方巨富——柱子底下的照明灯帮了它的忙，小虫子源源不断地飞来，排列在那些早已风干的同伴周围，使这张网看上去透着富足。这是一只中年蜘蛛，靠着积累多年的睿智判断，资源变成了收成。

紧挨着巨富蜘蛛的是一张散架的网。网线零落散乱，揉成的乱麻般悬吊在木栅栏的空隙里，曾有的图案被潮润的风卷成无序的一团，似乎被一只看不见的大手揉搓过，又随意抛开，于是，现在的模样里写满了曾有的辉煌和伤痛，还有一些不可言说的心酸。主人当然不见踪影，这是一间被抛弃的、蛛去网空的老房，错综复杂的蛛丝，无序缠绕，幽幽飘荡，似乎历史的故纸堆里被风刮起的一两页发黄的史书，记载着不堪回首的往事。据说，著名书法家写废了的宣纸怕被人拾去，总是胡乱涂抹成不可辨认的模样才肯罢休。这张被弃的旧网，到底书写着怎样的故事，已经无从知晓；主人样貌如何，也无从见证。这或许是一只已经不存于世的蜘蛛，在某一个暗黑无光的夜晚，深感自己不久于世，找到一个不被人瞩目的角落，默默地告别这个世界——告别曾有的繁华与忙碌，也告别曾经苦心选址、努力建造的家。也或许是前一阵的持续风雨，伺机勘破了一处还未曾被主人发现的破漏之处，一举摧毁了这只蜘蛛一生的心血也说不定。故巢不再，此处不可留，于是远离故土他乡重建去了。总之，这一处是伤心地，不提也罢。

在这个仲春的夜晚，挂在临河护栏上的网，一网一家，形态各异，在白炽灯的照耀下，展示着另一个物种的兴亡衰替，也像极了单元房里的人类住家。夜风像婴儿的手柔软地抚过脸颊，每一户就在这温柔中轻轻荡漾，连同它们不为人知的经历，河水般荡在这个世界的隐秘角落。不远处，路灯洒下昏黄的光，映在黑黢黢暗自涌动的水面，河水绽开一圈圈昏黄的縠纹，整个河面都似乎在这暗夜里微笑起来，满河漂动着春天的微笑。没有月亮，只有星星布满深蓝的夜空，熠熠生辉。

面目不同，长幼有别，每一户蜘蛛在这四处明亮的夜晚，用自己的方式生活着、忙碌着。看得见的，是一张张或精致或残破的网；看不见的，是网里的此生。

像极了人类的一生。

2023 年 4 月 16 日

山野记

临近雨水节气，一场细雨让春破壳而出，尽管几天后或许降温，却并不妨碍这从天而降的暖意。

一路飞奔，往大山里奔，生怕到晚了春不等人，错过最毛茸茸的初来乍到。加足了油门，起伏的路面便有了海的颠簸，小船般的车子在一浪高过一浪的海面上起伏，想起看过的电影里乡间小路上骑着一匹黑骡的主人公。

大河解冻，春水泛起丝绸揉皱般的波纹，温暖的阳光照射下来，给这些褶皱洒上斑驳的碎银，在碧玉般的水面上轻轻漾动。背阴处的积雪仅余几点残痕，潮湿的土地泛着黑黝黝的光。

远处山峦朦胧在似有似无的岚气里，只剩下连绵的山脊线。一条接一条的细线，勾勒出山的高，也勾勒出天的远，水中便有了这些线条的倒影，时平时碎，时展时皱。正午阳光强烈而慷慨地拥抱万物，把秦岭蕴含的些许黛青、浅蓝、深蓝揉碎在水里，水面就有了山的浓淡深浅，宛如一张平皱交替的动态照片。

山野中行走，总有细碎的惊喜等着我们发现。

五角枫叶片脱尽，干枯的枝杈上，依然张挂着小鱼尾巴形的剪刀翅果，经了一冬的雨打风吹，那些看似饱满的种实其实早已干枯，一触手就有着枯叶破碎的窸窣声。阳光照射下来，满树金黄的鱼尾透亮闪动，泛着黄金般的光泽，整棵树便在春风里生动起来。

道旁是一排栽植不久的柳树。一棵年轻的柳树身上生了土黄色的木耳，满树便有了支棱着耳轮的耳朵。一片片树木耳，紧紧贴住卷起边的枯树皮。那些鱼鳞似的树皮像极了饱经沧桑的老人满脸的皱纹，沟壑丛生，万马奔腾，缝隙里满是岁月的痕迹。树木耳替代树身打听着外部世界的消息，从不曾遗漏什么。

苔藓最先在潮湿温暖的地气中捕捉到春的气息，一簇簇微缩紧致的碧绿枝叶，挤挤挨挨在厚实而营养丰富的腐殖土上，散发出河底淤泥般潮冷阴凉的气息，湿漉漉的，让人心思也潮湿起来。

让这片山洼水域生动起来的，是临水而立的两棵粗壮柳树。两棵树高大挺拔、树冠茂密，肩并着肩，根触着根，同生同长，几乎一般高。多年的共同生活，让它们一起历经山野绒绿。又满山萧瑟，周而复始中有着夫妻树的携手并肩。两棵树生了满身皱裂的黝黑皮肤，纵横的树皮纹理分明，仿佛成长带来的满身伤痕。树身上满布或大或小的疤瘤，凸起的疤瘤四周使得深陷的凹洞像极了树身生满眼睛，那些眼睛默默地注视着这个变化并不鲜明的山野。

有东西猛地跳起来。行走中即将落脚，瞬间似乎看到脚下有什么动了一下，那只落在半路的脚因了惯性急刹，像一只刚刚奋力打出的拳，冷不丁僵在半道上。这突如其来的变故，让平稳行走变成了临时性的上下起跳，心也跟着咚咚擂动。喘息未定，定睛细看，一只垂着布帘般下颌肉的黄绿色蟾蜍，静静地趴在枯草丛里一动不动，要不是两边各一的黑豆般鼓凸的眼睛不时眨巴，很难从草丛中发现它的存在。这只黄绿色的蟾蜍显然也受到了惊吓，静静地趴卧着，静观事态变化。满身大小不一的肉瘤疙瘩爆豆般任意生长，健壮的前肢肌肉鼓凸，随时准备奋力一跃逃离这个突然被人闯入的地带。蟾蜍显然见惯了这样猛然闯入的不速之客，表现出沉着应战的冷静——的确相当冷静，几乎一动不动。只有偶尔耸动的颌肉，让这只蟾蜍现出活物的迹象。我僵持片刻，仓皇逃离。心里擂鼓般的响声，估计会让那只蟾蜍暗自得意半日。不过是胆小的人类！

花喜鹊不时喳喳鸣叫着飞过，洁白的翅羽伸展开来，被刹那间的阳光打成银白色，让周身的黑更显油亮。飞行中的喜鹊带着圣洁的和平气象。

有鹰鹞在头顶飞翔，晴朗的、浅蓝色的天幕衬着几点黑影，几声粗壮有力的感叹般的鸣叫声从头顶灌下来，似乎随时会俯冲下来，叫人心头一紧。

滑翔了几十米，花喜鹊收缩着细瘦的小脚落在路边草丛里，双脚并拢着蹦蹦跳跳，尾翼上的羽闪着蓝钻般的光芒。

声音的背后便是无尽的清寂，只有一池绿水揉皱又铺开。

面朝春水，展开桌椅，舒缓地泡一壶温暖的茶，眯缝着眼注视着朦胧远山。在这样的春日午后，占山为王。

2024 年 2 月 15 日

春野

杨树挺拔的枝干上，舒展着任意散开的枝杈，看似干硬的枝干已有芽苞凸起，豆粒般疙疙瘩瘩，悄然积蓄着力量，似乎只待春风轻拂，便万叶齐发，哦，是即将万种齐发——不肖月余，满树毛毛虫般的豆绿杨絮，将在春风里，把一大团雪白轻柔似云若雾的种子送抵远方。

道旁嫁接的行道树已有复瓣样的绿芽萌出，一个个圆润的袖珍芽叶顶着叶尖儿的那一抹鹅黄，在春风里探头探脑。是啊，春风，已有轻柔暖意的春风轻轻拂过这即将初春的山野，连挺立在缓坡地带的杂树，也不似深冬时枯寂萧瑟，而是透着些许毛茸茸的灰绿。要不了多久，这一片山野便会是茸绿遍地，鹅黄星布，仅是想想，都让人心如揣了兔子般突突地跳着，冒着兴奋和期待。

朴素的山野人家，即便是在年节，也依然勤劳。背风的山洼里，两间土屋面东而立，门前一大片空地已细细耱了，干牛粪均匀覆盖在深褐色沉睡中的土地上，瓦灰色的草木灰薄薄敷施。浓绿的菠菜带着两片尖圆形嫩叶，幼嫩的叶紧贴着地皮，离不开妈妈温暖怀抱的孩童般，带着娇憨的呆萌，似不愿长大。白菜那一层枯白的干叶下，鲜嫩肥美的莲座叶紧紧抱在一起，看样子还在冬眠。蒜苗挺拔，青菜碧绿，一畦生机，满院春光。

八十二岁的王老汉正双手握锄给菜地松土，杂草们还没有出芽，松土也即预先除草。八岁的小孙女穿了粉色外套，忽闪着黑玛瑙一样的大眼睛，在地上寻找着什么，不耐烦了，取了手边的玩具自顾自玩着，满院子便有了一朵跳跃着的鲜艳桃花。听到王老汉的招呼声，老太太从屋里出来，干瘦的身影立在黝黑的瓦檐下，远远地招招手，算是打了招呼。

檐下，一只通体雪白、脖颈灰黄的小狗龇着整齐的板牙，汪汪吠叫起来，顺带跑两步，带着吓唬的意思，引得老太太站过的屋檐下一只黑黄夹杂的狗也狂吠起来，脖下链条发出铁的撞击声，在清寂的旷野中格外响亮。长短高低的狗叫声在王老汉的呵斥下很快停息，房前屋后又恢复了寂静。

王老汉出生在这座名叫王家梁的山梁里，八十多载的守候让他对这块熟悉的山林田野依恋不已，尽管孩子们都已经迁居山外，可他和老伴却依然愿意住在这山坳里。王老汉干瘦清爽，浓黑的长眉下，一双细眼透着与年龄不相符的星光般闪烁的光，也闪烁着干净、热情和单纯。这样的眼神让人喜欢。

老房子是迁出对象，因此政府不让翻盖，也不让翻修，这座土墙瓦顶的房子散发着古旧的气息，也有着天然的冬暖夏凉。赭黄的土壁，呈现着夕阳般和暖温柔的金色，被山野林木轻柔包裹。

路边背阴处，残雪未消，山坡地像一头头黑白花奶牛慵懒静卧。雨雪充足，阿拉伯婆婆纳悄悄举着细小的蓝花，这里一朵，那里一朵，星散在初萌的嫩绿间。细狭的一轮眉月，薄薄地斜挂在西天，金黄色的一牙，新鲜明亮。

2024 年 2 月 14 日

有竹在峪

曾经满坡竹影，这条沟就叫了竹峪。

周至本地话发音多唇齿音，“竹”字发音就常常接近含混的“不”音，听上去多了几分竹笛飘忽于唇齿的意思，这“竹峪”之名也就有了修竹的清雅，竹笛吹奏的气韵。

秦岭地形殊胜，和合南北，也分界南北。秦岭北麓得益于山水曲折，自古交通不便，没有被人类活动过分改变面目，意外保留了这一方原生态样貌。于是，这一方山水因了山曲水折，就有了“周至”的雅名。山曲为盩，水曲为厔，因此，现在简写的周至曾经在古籍里写作“盩厔”。山水地形之貌概括在两字当中，启于唇齿，发于脑海，文字上就有了象形意味。

秦岭北麓县城有十余个，一字随山势东西向排开，列阵在渭河南岸的冲积平原上。周至离杨凌近，杨凌人常常骄傲地说周至是杨凌的后花园，也不征求周至人的意见，俨然自古如此。也难怪，一条渭河分南北，周至和杨凌一衣带水，隔河相望，婚嫁贸易相互走动，而周至天然的山水优势就常常吸引了杨凌人。缺什么就爱什么，也是常情。

周至县管辖的镇子，据我所知，哑柏、翠峰、广济、骆峪、马召等，命名几乎都发轫于深厚的人文底蕴和历史传说，而以所处植物类型命名的，却只有竹峪镇。镇以竹名，这就使竹峪这个镇子听上去就天然透着竹子的清新、秀挺，带着几分天生的风流秀雅。西起谭家寨，往东经过民主村、张龙村、丹阳村、陈家梁、鸭沟岭、青山，只要能拐进去的路口都能勾引起我的好奇心，让我数次进出，倒成了我这十几年乐意往返的后花园。

一个初春的下午，站在晏家梁新修的观景台上，眼底碧滔如海，连绵起伏的山峦宛若青翠沙盘伏在脚下，环山路、周塬路像两条洁白的麻绳蜿蜒向东，远处几个楼房林立的镇子像极了火柴盒组装的模型，那些在路上疾驰的车子也像甲虫般缓缓移动。指着这一片初春晚霞中的蓬勃地盘，我给同伴说，这里上辈子一定是我的封地。那种揽清风山峦入怀、携河流村庄在手的阔大，让人顿生一种天下我为主的豪情。天地日月本无主，那一刻，我便是主人。

竹峪是七十二峪最长的峪，车峪最短。长长的竹峪是我常去的地方。竹峪原本是竹子满沟的峪口，因为各种原因，现如今竹子成了房前屋后点缀的植物，和那些藤本月季、红叶李、桃儿、杏儿等原本就喜随人走的绿植常常混栽在了一处，成为那些讲究庭院布局的人家屋院中的别致景观。倒也别说，有了竹影婆娑，这乡间屋舍的瓦顶红墙着实添了几分文雅。一处一处的文雅连缀起来，整个竹峪镇的村村落落就显出与别处不同的文雅气象来。

在竹峪镇行走久了，便总结出一套春天赏花、夏季摘果、秋天赏叶、冬季观山的四季游走路线来。

最先生发出火红梅花的，要数飞仙沟。还在正月里，满岭的梅干瘦着枝干，就悄悄孕育了爆豆似的花骨朵儿，遇到春雪飘飞，白雪点点轻覆梅朵，把天地映衬得纯洁美丽，也把梅花香自苦寒来的精气神演绎在枝头。刚一进入农历二月，满树就张挂了一朵朵深红花瓣、明黄花蕊的梅花。这种梅花不仅花瓣深红，连主干枝杈的内里都是红色的，因此得名“骨里红”。出了飞仙沟，沿张龙村一路往南，穿过一片竹海，张龙水库汪着一片翡翠泊在周塬路边。往东不足二里，另一片梅园便倚着山势，在一处夹沟里开遍了两面缓坡。竹峪人睿智，趁着新通车的周塬路，将原来满坡的杏树嫁接成了骨里红梅花，那些嫁接失败的杏树却依然开着满树莹白。站在坡脚往上望去，一片胭脂晕染般的红点缀着斑驳的白，红里晕着白，如烟似雾，叫人顿时词穷眼直，不知道如何才能将这眼前美景吟诵出来。有老妪于红梅前留影，恰好一朵盛开的梅坠落发间，她头脸顿时生动美丽起来。老天簪花不分长幼，人人都有了梅花妆，个个脸上显现出妖娆美好来，这样的美让年龄无足轻重。

到了夏季，这一片山林沟壑又是各种优质水果的天下。先是黄澄澄鸡蛋大小的杏儿，接着是黑布林李子，红艳艳的各种樱桃汁水饱满还没吃够，个大味甜的紫色桑葚又挂满了低矮的桑树间。到了初秋，毛茸茸的猕猴桃更是品种繁多，徐香、翠香、金福等等，就摆满了往来车辆不断的各条公路旁。不用招呼，不管什么果子，身后的果树就是新鲜的代名词。问了价，只管往袋子里装，直到装不下、拎不动为止。整整夏秋两季，各色水果盈了眼，香了嘴，也鼓起了果农的钱袋子。

秋天，丰富的秦岭植被收藏了无数色彩，只等秋风徐徐漫遍山野，满山的秋叶得了某种隐秘的命令一般，从深绿逐渐演变成鹅黄、橙黄、金黄、焦糖、浅红、深红、紫红，变戏法般，在秦岭开出一个天然染坊，让人不禁惊呼：到底是谁在操控，让人间山野深浅浓淡如此丰富又如此协调？满山的色彩，让人的眼眸也变成了赤橙黄绿青蓝紫的七彩色，嘴里只能发出无尽的感叹与惊呼。

入了冬，深深的冷意封锁了连绵的群山，秦岭收回所有色彩和生机，走兽鸟虫在各自的窝巢中安然冬眠，天地一片萧索枯寒。偶有红腹锦鸡出没，翘着长长的麻褐色尾羽，挺着火红油亮的肚腹悠然在雪地上走出一列“个”字，那是下山寻水喝呢。平原上稍微积起铅色的浓云，山里就会飘起细密的雪花。雪一场接着一场，一个漫长的冬季下来，山梁的褶皱里就积下了一疙瘩一疙瘩的雪窝窝。偶有放晴，那分布各处的雪窝窝泛着雪光，秦岭北麓就像丹青高手画就的一幅山水长卷，而那些雪光意外成了一处处打在山体上的高光。整个山脉顷刻间肃穆端庄又错落有致，任谁也难以描摹出同样的一幅画作。而雪落在山脚下的丛林里，勾勒出木叶脱尽的树木轮廓，犹如一幅简素的铅笔画，让人心澄澈明净。一整个冬天，秦岭就在这山水长卷和铅笔简画里任意切换，也在这阴晴圆缺里让人踟蹰流连。

这就是竹峪的四季，也是爱山人心中的田园。曲折山水装得下世间悲欢离愁，也容得下人心里那一点喜怒哀乐。每一个进山的人，都带了满腹行囊，不管这行囊里是什么，处处丛林里有倾听的耳、接纳的怀，出了山林，一路欢畅，身后是永远缄口的沉静大山。

此刻，正值农历二月，油菜抽出点点金黄花薹，柳叶新绿如眉，绿还未染遍整座山。但要不了几日，这里将会是漫山碧绿、繁花满坳的另一番鲜亮春景。坐在抱水湾民居的池塘边，看一湾碧水被柳烟合抱，听水汩汩流淌，手边一盏茶，眼前一群鸭鹅结伴嬉游，绿水里山的倒影、垂柳的倒影，勾勒出一幅流动水墨。望向更深的山野，满腹行囊释然如烟，化在这柔风拂过的初春。只有鹰鹞“嗖”地一下直飞向蓝天，那一声硕大的、感叹似的鸣叫是对人间的提醒：春来即福启。

2024 年 3 月 25 日

柴黄的春

一簇浓紫，如挽着的发髻俏立于瘦长清寂的顶端，精巧的紫喇叭簇集在一处，拥挤繁密，一律口儿朝外，于无声处，热热闹闹地高挑出一团春意。这株立在浅山山坳里的桐树，在一片正冒出青绿的柿子林里格外出挑，周围的庄稼草木便给这不见片叶的枝干围了黄绿相间的裙，一丝独立春风的清雅便扑面而来，是老照片里民国文人的那种清雅。

花开正盛，空气里氤氲出浅浅的清香，是瓜果初切开的味道。

微风吹过，这一片山坳，便两面响动起来。

两坡夹峙，沟底平缓处便形成了一处较为平整狭长的沟底地带，像阔大的帆船的底。明黄的油菜花傍在阳坡平缓处，茎叶挺拔，顶戴黄花，明快的花衬着油碧的叶，一气初盈，万花齐发，是桐月里百花的花引。农人心思细巧，置一方灿烂的明黄于已经起身的冬小麦间，给大地拓上春天的印章。青碧的麦秆孕着幼嫩的穗，饱满富足，给这一方明黄印章镶了毛茸茸的绿边，黄的就更加明快，绿的也愈发碧眼。黄绿交错便成了这山沟腹地的主色调，使人宛若置身陕南山水。远处，成片的猕猴桃园紧挨着麦地，一层鹅黄透明的绿浮于浓绿和明黄之间，天然的过渡色，让这一处黄绿色系丰富饱和。

顶着蝶翅般浅紫小花的紫花地丁一簇簇从狭长枝叶间冒出来，略带娇羞，依偎在麦脚下，显出无尽的温柔可爱。蒲公英开出朵朵金黄，点缀在崖边地畔。有开得早的，已擎了雪白饱满的种子，圆头圆脑憨乎乎立在春风里，静待一阵风带着孩子们撑着小伞飞往远方。蚯蚓也钻出地底，透透气，伸一伸窝了一冬的腰身，开始新一年的劳作。

暖阳照身，有如婴儿小手轻拂，周身暖酥酥的。土地散发出温热厚实的气息，酥脆和软，不禁让人想躺卧在这原野里。

《诗经·小雅》里有“信彼南山，维禹甸之。畇畇原隰，曾孙田之”的句子，是说连绵不断的终南山，是大禹治水所布之山，那里广阔的高原和洼地，被周王开垦得平坦又整齐。周王勤劳的子孙，延续了这执农不弃的民间正统，以精细的劳作让这一片沟沟坡坡，不仅缓坡林木茂盛，沟底更是粮果丰沛，连土地也是被细致对待：田垄被拾掇得头脸整齐、方正、平直，地里也被耙梳得细碎、平整，找不出一块比指头蛋大的土坷垃。就连层层涟漪般的梯田地边也栽种了颀长的韭菜、挺拔的蒜苗和团簇的苜蓿，不使土地有一丝一毫浪费的地方。这样精细的利用，透着农人骨子里的敬畏，更透着民间久远的稼穑智慧。

空气中有隐隐的粪肥沤发气息。举目望去，临着土崖，一方厚厚的黑褐色牛粪苫了厚塑料膜正静卧在地边，在阳光下闪烁着银光。“要看麦堆，先看粪堆”，山地乡民深谙这一点，厚养地力靠的就是这一份金贵的农家肥。

农人骑了崭新的大红电瓶车，三三两两星散在成片的猕猴桃地里。猕猴桃枝叶交缠，搭出一片绿棚，棚顶密布鹅黄的绒豆粒，那豆粒里即将开出鹅黄花朵。立于架下，农人仰脖抬手，手指起落间，多余的花芽被掐掉。农人告知这是在疏零儿，等到花开了再疏一次，以免一个枝杈里果子太多，都长不大。当地乡音，“疏”“发”“夫”音，疏零儿听上去有儿童逗趣的轻快之感。

另一面阴坡上，高大的杨树，于莹白的枝干间举着片片嫩绿的叶，在暮春的风中轻轻摇动，阳光穿过丝缕毕现的叶脉，筋骨可见。柳叶细长，构树扬花，红叶李满树酡红，犹如美人微醺，带着一身浅醉轻轻摇曳，惹人怜爱。路边的杏树上已有了拇指大豆绿色的果，掩在枝叶间闪烁。柿树经了一冬，枝干依旧黑瘦，经年劳作的老农般透着沧桑，愈发衬得新发的嫩叶轻盈秀巧，于新绿间透出鹅黄的娇嫩来。

远处的阳坡沟坎上，无法播种庄稼的地方，草木丰茂肥美，各类灌木乔木挤得密不透风，新叶争相初发。老树嫩叶在春日的阳光下格外蓬勃，像极了一群人高举的臂膊，让人生发出莫名的力量，仿佛要随着枝叶一起抽芽冒绿。漫山的高矮肥瘦就在这隐形的蓬勃中，比赛似的此起彼伏，山野里就有了浓淡不一又清新明快的新绿一片。阴坡的草木则要缓慢一些，轻浅的绿意杂驳着些许灰绿，一些草木刚缓缓吐芽，似乎才睡醒。

两面坡像是大地母亲的双生子，一个强壮，一个瘦弱。

沿着沟底窄窄的水泥路盘旋而上，就行走在了舒缓的山坡躯体上，树木的绿意泼洒下来，周身清润，鼻间有清浅的草木气息。正午的阳光照射下来，影子矮矮的，在树木高低杂乱的影子间一会儿重叠，一会儿穿出，水泥地便活泼生动起来。立在缓坡中央，回头看去，满目明黄、深绿和嫩绿，层层叠叠、相互交织，天地自然正以各自的理解在春天里涂抹春意。最触目的依旧是那棵顶端举着紫色喇叭的梧桐树，在高阔而碧蓝的天幕下，茕茕孑立，秀于田野。远处近处的春色便成了这一枝独秀的丰美背景。

沟底有着富足的林果庄稼，岭脊上便少不了人家。一圈屋舍人家逶迤排布，傍着深阔的山坳走向端坐于岭脊之上。村名柴黄村，所属竹峪镇。

农舍不多，四五家为一聚，几处聚居点相隔不过三十五米，各家门前草木茂盛却各不相同：竹林修长、牡丹芍药正盛者有，韭嫩葱直、苜蓿正肥者有之，还有干脆以土塄隔成一畦畦菜地，一半花草一半菜蔬，周围栽植了高大的樱花，樱花正盛，粉白的花与嫩绿的叶挤成一团，花团锦簇的一棵或几棵便让贴了洁白瓷片的洋房或黑瓦黄壁的土房各自生动起来。一阵风过，树下零星着点点胭脂，土地愈发秀美。

漫步村巷间，途经一处规整的院落前，从门牌得知这里有丰富的中草药资源。在这所中草药研究所的外墙上，张挂着醒目的中草药介绍，黄芩、艾草、五味子、金银花、葛根等等，枝叶形状、根果样貌和药用价值，一一图示，以供人认知。秦岭无闲草，从沟底一路漫步上来，熟地黄、紫花地丁、车前草、野生枸杞，在春风里不疾不徐地生长。

面朝沟底，找一处地畔，坐在柔软的黄土上，让春阳晒着后背，有大手轻抚的温热感徐徐透出。屋舍旁大片平整的土地上，成群的农人正在地里忙碌，交谈声阵阵可闻。孩子们在地头跑闹嬉笑，追逐声热闹清脆。

沟底，春色聚拢。春天正在赶来，也正在远去。

2024 年 4 月 14 日

桑之未落

芒种前十来日，正是桑葚成熟时。巴掌大碧绿的叶片下，浓紫发黑、指头粗细的桑葚悬垂在翠绿纤细的果梗下，摇摇欲坠。一阵风过，饱含了甜蜜汁水的成熟果子便跌散在松软的黄土上、草叶间，于是，地上便一层黑紫浆液，涂抹出各样的天然图画来，空气中也隐隐有着果子的甜香气息。

正是山中初夏最好的时节。矮矮的桑树遍布山洼沟壑，果香、叶香浓郁得凝固住了一般，空气中满是甜蜜的气息。桑树枝干偏柔韧，于是，有着阔大叶片、清晰叶脉的桑树便如成熟的稻穗般低垂了枝叶，紫黑、红紫、深红、粉红及豆绿的果子便层层依着枝干四处散出去，像多产的母亲膝下跑散了的孩子。桑葚们在母亲树上攀爬、躲藏，那些长在枝干顶端的桑葚，总是和顽皮的、依旧柔嫩的枝叶，一同去逗弄近邻。整片桑园便在无声中透着挤挤挨挨、相互逗弄的热闹来，这样的响动，犹如一群青春少女奔跑嬉戏于田野上，透着生命的本真、蓬勃和活力。桑树也或许知晓这是它们一生中最盛大灿烂的时刻吧，又一阵风过，枝叶簌簌作响，果香四处飘散，连山坳里也积香叠翠起来。

捡那果梗发黄的——这样的果子成熟度最好，指头一碰，肥蚕似的紫黑果实便轻轻掉落指尖。拈一颗桑葚放进嘴里，入口即化，汁水饱满又口感甘甜，香气也格外浓郁。桑葚的果肉由一颗颗小果组成，许多小果生在一根花轴上，于是称为聚花果。密密麻麻的小果是饱满汁水、浓郁香气的来源，柔软的果肉抵在口腔间，甜香便在唇齿间四散，给人以万马奔腾的味觉与嗅觉的享受。于是，每一颗熟透的桑葚入口，就是一次周身愉悦的享受；不断地采摘、入口，也就愉悦不断。

采摘桑葚最令人苦恼的是那紫黑的浆液涂抹于指间唇上，不一会儿，手指也变成了果子本身的紫黑色，油光发亮，覆盖了原本的肤色。毫不意外，嘴唇也难以幸免，一层黑紫覆在唇间，像是误中武林高手射来的毒箭后毒发的症状。彼此相视，只是毒深毒浅的区别，哈哈大笑一番，谁也不嫌弃谁，却在心里，默默慨叹自然恩赐的神奇：茂林繁盛，杜鹃轻啼，即便是中了大自然的“毒”，也是心甘情愿。

常来采食的好友告知，沾染上这紫黑色，去掉也不难，取桑枝顶端幼嫩的叶片，于掌心指尖来回擦拭揉搓，即可去色。摘取仍旧青绿的桑葚幼果，以果子汁液擦洗，亦可去除。这种方法被我称为“原汤化原食”。试过，只能去除黑色，擦洗完手掌指尖甲缝变成了粉紫色，心想这粉紫若裁了衣穿在身上，必定会衬得脸若飞霞。

边采边食，不一会儿便肚腹鼓胀，也满腹甜蜜。于是，全力采摘，不再为口腹之欲忙碌。摘回的鲜果，取高度数的高粱酒浸没，留出一拃多，作为白酒的发酵空间，加黄冰糖、枸杞密封，据说一个月后桑葚酒可成。尝过酒家所售桑葚酒，店家实诚，告知其酒桑葚量远不及我手中自泡的量，自泡之酒将来势必口感优于他家。尝了尝酒家的成品果酒，已无白酒的燥烈，多出一丝果的香甜。更喜人的是酒体颜色浅紫，让人想起桑葚那令人好颜色的功效。搬动酒桶的时候，指尖无意沾酒，紫红随即褪去。酒家取来半勺缸中酒，浇淋指上，只需搓洗几下，那一片夺目的紫红便无影无踪，甚至甲缝里也片缕不存。显然，这个办法优于“原汤化原食”的法子。

桑葚的功效很多，其一便是益肾。国人讲究色补、形补。中医里有黑色益肾之说，成熟桑葚的形状接近于肾，

中医有黑色益肾之说，《本草纲目》里就有桑葚补肾方的记载。

《诗经·氓》里有“桑之未落，其叶沃若”的句子，讲述了少女对心上人的喜爱与等待，以及婚后的哀伤失落，是个悲伤的爱情故事。而爱情的生发时间，在桑之未落时，也正是眼下的初夏时节，大地初显葱茏，天气温热适宜，合乎少女怀春的时间环境；也间接暗示了少女那初开的情窦，一如桑叶般蓬勃旺盛，从而为婚后的不幸生活做足了铺垫，伤情的意味愈发浓郁。立于桑园，满园桑叶簌簌摇动，似乎带着穿越时空的如泣如诉。

饱食桑葚，一夜安睡。晨起，肤色却是格外红润，尤其唇色较于往日红润鲜亮，看来令人好颜色的桑葚果然名不虚传。出恭也较往昔更利落，一如高山流水，畅通无阻。习惯性回头一看，确实好颜色，一坑紫。

2024年5月27日

清凉寺的石狮

清晨，办公室窗外布谷一声轻啼。季节转换，该进山了。

傍晚时分，沿新修的旅游路，在秦岭北麓脚下蜿蜒曲折，头顶是曾从远方眺望的卧佛，侧影连绵。

新路遇山开山，遇坡架梁，一路坦途，景色无边。犹如新嫁娘的眉眼，清新可人。

岭上白云叆叇，清风绵软，山树葱郁，鸟鸣相和，山林草木的气息使人安定凉爽。樱桃红了，桑葚紫了，一只长尾巴的喜鹊正飞过傍晚的天空，几丝白云作背景，高远缥缈，似寻常，又不似。一路碧眼通途，直至被守山人挡住，被告知深山不曾开放，始返。

此山名黑凤山，曾有骆水曲绕于山前，群山屏列于后，有茂林修竹之盛，清泉湍流之雅。山腰有一寺，名清凉寺。

数年间多次游览此山，却不曾识得此寺，岂止不识，几乎不知有此寺。看山门内一残碑，方知此寺修于唐贞观年间，是释迦牟尼的庙宗，乃古之名刹。

清凉寺古意森然，山门飞檐耸峙，殿宇屋瓦沉寂，整体呈口字形，分布着正殿、偏殿、山门，院内一玉兰树一根三杈，两人合围不住，森森然遮天蔽日，立于树下，身心清凉几许。山门处或许塌陷，有新补石子路。

清凉寺西，半人高的荒草里，两头古旧的石狮子蹲立草间，面目依然威严，身姿照例挺拔，即便身处荒野，仍旧气象不减，于荒草间平添几分庄严巍峨。其本应蹲守清凉寺山门口，为何被移置此处？又为何姿容丰美毫发无损？遥望山门，方才惊觉山门虽雕画华丽，飞檐陡峭，却只有一只崭新石狮镇守，不大符合国人对称审美之传统理念。仅有一只石狮镇守的山门，似乎缺了什么。

收回眼光，转圈端详，不禁慨叹，心底径自生出一丝江州司马之叹。原本世间美好，总有暴殄天物之憾，实属寻常。转念一想，此两尊也或许命定如此，从土中孕育来，复归天地间，不染尘事，逍遥自在也未尝不可。威严依旧，身姿庄严，青青翠竹尽是法身，郁郁黄花无非般若，如此也好。

狮旁不远处一座妙塘，仅尺余，却天光云影并蓄，水波树影兼容，慈姑碧翠，挺拔秀雅。几苗格桑花纤弱摇曳，叫人想起“蕉叶清新卷月明，田边苔井晚波生”的句子。

晚霞正在褪去，橘色光影纷披，夜色徐来。草间石狮怒目龇牙，满头卷毛却显温柔。

2023 年 5 月 20 日

蝉

最能让人感知夏季到来的莫过于蝉。蝉一鸣叫，人就知道夏天到了，天气炎热，蝉便开口。如果缺少了蝉鸣，整日静悄悄的，这样的夏天想必也少了些意思。

我对蝉的敬意，不仅仅因其蛰伏地下七年甚至更久，鸣唱却一夏之短的忍耐精神，更来自于蝉对于鸣唱的热爱。尤其是旷野林地里，诗人眼里的“蝉噪林逾静”，让蝉鸣与林木有了深刻的哲学思辨关系，让这种夏季特有的物种有了哲学意味。

我注意观察过，蝉的鸣叫除了每一嗓都竭尽全身力量、不留余地之外，还在于它们自发而彼此默契的留白间歇：蝉的每一声鸣唱，从发声、高潮到尾音，这种声音起伏跌宕，总是以一秒为单元进行。也就是说，每一声有着完整所有唱腔的蝉鸣几乎持续一秒。这一秒里，蝉用尽了所有气力，让这一时刻的鸣唱呈现出听觉上的完美闭环。仅是这样一种发现，都让我没来由地对蝉产生极大敬意。用“爱岗敬业”来形容蝉，不知是否能够阐释它们的毕生热爱。

而正是由于蝉彼此间的配合默契，才产生了蝉似乎是一声都不曾停歇歌唱的错觉——蝉在彼此停声换气的间歇里，会及时补位鸣唱。从这个意义上说，蝉的演出是数个个体的共鸣，更是数个演员的集体配合。这样的配合，形成堪比夏日防护林般壮观的声音冲力，让人们误以为总有一只高明的指挥蝉在枝叶的掩护下指挥了这场长达两个月的集体合唱。

蝉生来就是要鸣唱的，或者说，雄蝉生来就是要鸣唱的。在动物界，鲜艳美丽的往往是雄性动物，雌性动物大多灰头土脸，看上去长相一般。而对于蝉来说，能够鸣唱的总是雄蝉，雌蝉大多数是哑巴蝉，仅是默默承担了交配、生育的职能。换句话说，雄蝉一唱天下知，先天受命般代表了蝉界发声，让人们知晓蝉为鸣唱而生。

这种在人类听来单调、枯燥甚至有些聒噪的鸣唱里，潜藏了蝉毕生的追求，那就是高声歌唱，用尽全力歌唱、不遗余力歌唱，哪怕这一生仅为这一个短暂的夏天而活，确切地说，只有一个半月至多两个多月时间；即便是这样的演出，一生仅有一次。

对于大地来说，蝉的鸣唱丰富了夏季，让大地呈现出多声部的演奏，这样的演奏成为季节这个显学层面的装饰，而对于蝉，却是一生的事业。所以，每每听到雄蝉一声高似一声的鸣唱，我内心总是无来由地充满敬佩。在我的认知中，人们的所有热爱都基于目的，而只有蝉的歌唱基于歌唱。在三年、五年甚至长达十七年的潜藏中，蝉隐于阴暗、潮湿，如如不动，有如等待时机的成大事者。这样的隐忍，使我深刻理解了“韬光养晦”的确切含义。

我讴歌蝉为热爱而生。

2023 年 7 月 31 日

野秋

时序在城里，是满地来不及清扫的落叶，是行人身上日渐臃肿的衣；在乡野，却是触目的斑斓与丰厚，以及随处可拾的哲思。

已过寒露，天空沉静。空气中充盈着蔗糖般的气息，略微发酵的甜腥气混合着泥土潮湿厚重的气味，弥漫在周身，成为暮秋登场的嗅觉标志。长时间的连阴雨，让万物弥漫着淡淡的忧伤，头发丝也带着心事般潮湿。只有鸟儿是快乐的，麻雀、喜鹊相互酬唱，清脆的叫声里，带着不知季节变化、凛冬将至的懵懂。多少有些羡慕。抬头，大雁变换着队形，无声地滑过铅色的天空；它们身后，浓云若被，漫天柔软。

玉米大部分已经收获，冬小麦也已播种。此时的田野看上去辽阔盛大，犹如谢幕后的舞台。机器收割过的地块，绞碎了的玉米秆犹如细绒，温暖而柔和地覆盖着大地，散发出清甜微醺的气息。人工收获过后的土地，则保留了曾有的生命气息，似乎带着农人汗湿的气息和手掌的温度。

即便是这时候，依然是花朵的天下。刺蓟顶着毛茸茸的球形紫花，零星地冒出点点温柔，狭长叶片的生机让人恍惚置身阳春三月；千里光花期正盛，浓烈的金黄泼墨般宣泄在土塄坎上，惊心的色泽叫人想起入画的向日葵；喇叭花是秋季的花神，一丛丛到处张挂，举着或紫或粉或白的喇叭，报告着季节更替。这样活跃的生命气象，让那些过早凋零的高大乔木看上去更加萎顿。

农人的忙碌暂告一段落。行走在村巷，三五成群的人神态松弛，透着繁忙过后的安闲。不时有人缓步行走，张望着收获后的田野，说一两句并无关联的话。走过他们，似乎正目睹一切事物的终极走向。他们花白头发，不再挺拔的身姿，和他们身后同样衰老的村庄彼此为证，沉默地昭示着时间无可挽回。

这样的秋，处处充斥着浓郁的哲学意味：收获与播种，盛放与凋零，到来与离开，新生与死亡。不仅仅是词组的表意相反，更是形式与内容的相互反证。在这些看似矛盾的表象下，其实暗含着高度统一——在即将到来的冬天，一切终将重新孕育、纳藏、生长、延续。就像乔木的凋零与秋花的新生，老人的告别与新生儿的出生，或许不过是换了个形式轮回，一如色即是空。

走过秋季的原野，也走过季节的暗示。

这样的暗示，落实到乡野，便是遍地的野趣。譬如，这些开花的小花野草；又譬如，遗落的玉米粒生出的苗。

俗语讲春华秋实。秋天的花，除了喇叭花、刺蓟、千里光、枇杷花，还有一种蓝色雏菊，小小的，细碎而精神。在秋意渐浓时迎着寒风细雨开花，似乎不合时宜，却仿佛大地上拈花一笑的君子。君子温润如玉，如琢如磨，君子还耐寒，时势的寒，造就寒士的寒。

不合时宜，是另一种合时宜。东坡先生的侍妾兼知己朝云，回答先生的笑问时，曾指着先生的肚腹，笑称这里有一肚子不合时宜。这是知己间的合时宜。据说庄子在深山里看到一棵老树，木匠认为此树无用，树托梦给木匠道：要是有用，能活到今天？于是，庄子认为无用之用是为大用。这样的无用是对使用者的不合时宜。

合不合时宜要看语境。这一块遗落的玉米粒所生发的青碧小苗，于物候显然无用，霜降即是生命终点。对玉米粒，却是最合时宜不过：落地即新生，不求有用，但求来过。活过就是最大的幸福。

记起曾在位于华阴的陕西道教协会看到过一块匾额，上书“学最上乘，不落邪见”。最上乘的真知灼见，往往都在小微之中。庄子还说，道在屎溺。

事物的两面，都解释得通，见微知著，恐怕也是中文最有魅力的地方。深究起来，岂止是两面，不落言筌，便失真谛，应该是很多面。

很多面，则不能说，需要静心以悟。

不说，不可说。

2023年10月13日

冬山

树木脱尽了葱茏的叶片，挺立在连绵的脊线上，仿佛秦岭蜿蜒起伏的脊线上根根分明的眼睫毛，在灰白色天空的映衬下，显出几分毛茸茸的娇俏可爱，连带着满目清冷萧索也有了几丝意趣灵动来。

这是深冬时节的秦岭浅山，名叫安乐山。此刻，冷峻青黛的脊线勾勒出的清晰分明的山躯，正静卧在冬的怀抱里。满山褪尽青葱与斑斓，季节带走了青春的苍翠与多彩，也带走了万物的响动，除去偶有几声山鸡嘶哑的鸣叫，秦岭披着沉默枯黄的外衣，悄然矗立，透着无言的肃穆荒凉。像是迟暮的老人，在皱纹的围抱中一声不响，也在时间的流逝中追忆过往。

一阵风过，近处的苇丛枝叶浅黄，顶着干枯莹白的芦花轻轻摇动，一如帆船于平静的海面无声滑过。不远处的杨树、槐树、榆树、构树枝干分明，昂首挺立，工笔画般勾勒出山洼沟壑的高低起伏，让这片被丰富植被常年覆盖的盆地显露出真实的容颜来。

盆地里乔木高大，灌木低矮，常年林草深茂，繁盛的混合林保守着无数秘密般，将这片洼地深深地掩藏起来，只有在这深冬时节，才以真容示人。春日里的嫩绿鹅黄，给这处盆地披上一片饱含希望的明媚生机；夏日里，浓荫遍地，浓稠的绿让这处沟壑透着不知深浅的神秘，若遇雨天，白纱似的云雾袅袅自谷底升起，在漫山的浓碧间升腾漫漶，仙境般使人留恋痴迷；秋天的画笔，则为这处山根点缀起丰厚的赤橙黄绿，斑斓的色彩撞击着眼眸也震撼着心灵。此刻，已然深冬，褪尽了各色外衣的沟壑，赫然显露出真相般的容貌来。哦，原来在深林沟壑间，竟然有三五处房屋坐落其间，在这一片深林中遗世独立，颇有隐者之风。

凝视谷底，冬日山林木叶脱尽，几处房屋静寂无声，鸡鸭羊群也寂然冬藏一般。一处人家屋顶上，一缕曲折不断的青烟正徐徐在林间升起，让深谷谷底透出人间烟火的和暖亲切。连接着房舍与大路的门前小路，洁白弯曲，穿过繁密林间，蜿蜒过依然青翠的团团竹林，时隐时现，一如农妇案板上的手擀宽面，连绵筋道，曲曲折折地通往村镇热闹之地。

这一发现，让人不由得慨叹山居人家的大智慧。藏之于深林，避之于市声，逍遥于凡尘之外，这才是神仙之居。

临壑而立，端详谷底人家，也端详内心过往。

头顶，一轮冬日暖阳正盛，周身舒泰。

沿着“之”字形的边坡地带徐徐向上，便攀上这处秦岭北麓名叫晏家梁的山梁。

山梁之上，宽坦平整，约有双向四车道之阔，背倚山石嶙峋的小山坡，两户人家四间房屋，南北一字儿排开，面东而立，一律人字顶瓦屋泥墙，连体般的土房共享一处狭长的土院子。院子紧挨水泥路，路边便是一处平坦地开辟成的菜地，曾在夏天里见过竹篱笆围了撑着竹竿的豆角架，紫色的豆角花蝴蝶般落在手掌大的绿叶间，还有一畦绿得养眼的土豆，一畦挺拔的韭菜。相隔不远，一户人家面南而立，房屋门窗皆对着那两户人家的四间瓦房。门前开阔的土院落里也种着各色菜蔬，茁壮繁盛。这三处屋舍自由散落，与谷底三五人家隔着一片茂林遥相呼应。

据说百年前晏姓人家避难，见这一处地方背风和暖，又有可耕作的小块平地，便世代留居，于是此梁得名晏家梁。这三户人家自然是晏姓亲弟兄三人，老大和老二住在连体的四间房里，老三居于面南那处。两处房屋都随路蜿蜒在这山野荒梁之间，透着古朴野趣。

弟兄三个都已年过八旬，面孔和房梁上看不出本色的木椽子有着相近的黢黑，皱纹布满面庞，眼神却透着清澈安详，见人只是温和一笑，并不多言，一如坐在屋檐下就能看得到的大山，寡言沉默。久居山野，山和人呈现出一致的沉静少言，连同他们身后土墙黑瓦的屋。

坐在路边的院子里。说是院子，其实并无围墙，抬眼望去，远山便做了围墙。近处的杏树黑干虬枝，粗大的腰身显示出树龄极大。竹篱笆里一片土黄，透着菜蔬收获后的沉郁平和。几人相对无言，只有肥壮身躯的大鹅顶着橙黄的肉冠，仰着头大摇大摆地走过，豆粒般的星眸透出目中无人。

土房后主人养的大黑猪，正在用突起的肉嘴拱着铁栅栏门，谷底偶有一声鸡鸣，这便是浅山人家的全部响声。

2024 年 1 月 7 日

雪落山林

平原地区飞舞起大片雪花的时候，山林中已然积雪深重。秦岭这道南北分界线，让北方的冬天呈现出饱满的冬意。连绵萧索的山白了头，林木被深雪勾勒出几笔写意线条，白与白浑然一体，又层次分明，深浅浓淡中，冰雪山林尽显纯洁静好。

“夜黑里下了有一尺厚？”

“就给你说呢，不下不说，一下就下了个美。”

浅山人家，临着公路，被飞雪滋润的新修公路干净敞亮，在皑皑白雪中显得格外浓黑，透着麦苗般的油亮有力，向远方黑蛇般蜿蜒。公路局一大早派人清扫了主干路，家家户户门前的厚雪则陆续有人出来清扫。戴了帽子的老汉老太嘴边哈出团团白气，搓搓手，一锹一锹胖乎乎的莹白便端坐在铁锹里，犹如孩子坐在热被窝里。“刺溜”一声，一截短小洁白的弯弧划过，那一铁锹雪便落在了鼓成麦堆样的雪堆上，铁器与柏油路摩擦起尖厉而短暂的声音，划破这方门前清浅的寂静，之后便再无声息。远处有通体乌黑的乌鸦和翘着尾巴的蓝尾喜鹊倒着脚蹦跳——大雪覆盖了杨树尖上的窝巢，暂时无家可归的留鸟们这一刻成了家门口的异乡人，于是，厚厚的积雪上便浅浅印出一片凌乱的竹叶形脚印。

踩在积雪上，松软的雪足有两拃厚，靴子陷进去，雪没过脚踝，一股深重的凉意自脚底徐徐上升，让整日处在暖气房里的躯体瞬间清醒许多。“咯吱、咯吱”的雪声，在这片山林旷野中格外清脆。回头看，一行歪歪扭扭的脚印，窝成一只只深雪窝紧随身后，犹如半生印记——未必人过留痕，却总是一直向前，不曾背离本心。

雪是天地相交的信使。雪花带着上天的心意，缓缓地落下来，带着浓稠的情谊与心思，飞奔向大地。起初只是雪花点点，那是信使在试探大地的心意。之后便是铺天盖地，密集传递九万里天庭对大地的亲厚。天父地母，雪天便是上天这位父亲对大地母亲一年中为数不多的几次表白，让人间知晓天地相交，成全人世和美。敬畏天地，便是敬畏生身父母。

这一刻，凝视着雪花，就有了一层更加庄重端肃的意味。

雪花依旧纷纷扬扬，大地早已洁白漫漶。雪花落在树木上，便有了树木的形状；落在物件上，便成了那物件。片片雪花停驻在梧桐树卷曲的鹅黄枯叶上，让那一树鹅黄深浅不同，平淡的冬日梧桐便散发出点染般的明媚来，满树鹅黄伴金黄，意外成就一树浓淡生动；桃树刚刚修剪了多余枝干，落了雪竟有了梅的姿态，那一枝枝粗壮的短枝，擎着毛茸茸的厚雪，一如满树梅花绽放，空气中似有梅香浮动；红叶李最具风情，细密修长的枝干挤挤挨挨，雪花便轻巧地挤挤挨挨在枝杈间，将那些缝隙轻轻填满，枝为筋骨，雪为冰肌，似一幅密不透风的雪画，禅意十足；高挑的碧桃枝干向天，紧凑团结，雪花爬满了向上的枝干，便开满了毛茸茸的雪碧桃。雪花落在柿子树上，是这片冬天原野最为写意的一笔。冬日里的柿子树，早早褪去满身拖累，只留黑硬的枝曲折蜿蜒，冬梅般舒朗清瘦，那一身黑袍写满了内心的孤傲与坚守。此刻，这黑袍隐士却多了几分妩媚，黑硬枯寒的枝覆了绒雪，隐士还是隐士，却显露几许柔情向天空致意。最庄重莫过于田野道旁的雪松，披挂着依旧苍翠的枝叶，垂翼而立，宛如一位白发白髯的智者，无言地深藏起智慧与经见，默默注视这多彩多变的人间。世事无常，默雷止谤。

停下脚步，择一处矮山与天地对话。雪花从眼前慢悠悠

飞落，时间似乎静止。远山飞白，近壑苍茫，天地万物皆成为这幅天然水墨的写意一笔。千山鸟飞绝，万物静寂无声，唯余身后一串厚实的脚印伴行。

返回的路上，家家户户房前屋后隆起一堆雪馒头，黢黑的公路更加油润黑亮。雪野里，杨树顶着醒目的雪窝巢，麦苗只剩下苗尖儿，探听着春天是否来临。

2024 年 1 月 22 日

代后记

我这十年：从读者到作者

人生不过是由几个十年组成。每一个十年里，我们都在向着另一个自己过渡，从而在下一个十年里成为上一个十年所希冀成为的自己。

十年前，我还是一个读者，在柴米油盐的缝隙里坚持读书。歌手丁薇曾说，如果用了“坚持”这个词，表示你不喜欢这个事情，或者说你干不下去了。而于我，在最初开始时，一定是因为坚持才有了当时的我，从而在下一个十年里顺理成章成为现在的我。因为没有人生而成就梦想，一定是在最初摇摇晃晃、犹犹豫豫地坚持中才有了今天不悔的自己。而在柴米油盐、喜怒哀乐的生活中，被现实压得喘不过气的时候，“坚持”这个词恰恰是照进生命里的一道光，让我在现实面前，不至于变成一条没有梦想的咸鱼。而现在，我早已抛弃了“坚持”这个词，因为，当你克服了上一个十年中自己的妥协、懒惰，以及浑浑噩噩，这个词在某个时候一定会离你而去，一切变得水到渠成。

人生不如意十之八九，这是常态。而在这样的常态中，为稻粱谋，为儿女计，为家庭的琐碎而烦扰，现实生活中总有理由让人在某一瞬变成溃决的河堤，甚至很长一段时间，某一件让人摆脱不掉的烦忧就像结了痂却无法愈合的伤口，时不时不触而疼。这个时候，拿起书本，强迫自己从现实的迷惘、失落、烦扰中剥离出来，哪怕是暂时逃避，也犹如探出水面呼吸，使人得以暂且脱身。这就是我最初的坚持。十年前，甚至更早一些，我用阅读抵御人生中的那些寒冷，用阅读逃避现实中的种种不如意，也用阅读在接踵而来的不如意里自我救赎。如今，阅读已成为我生活的一部分，成为和吃饭、睡觉一样自然的事情，成为每天的必修课。

在这期间，读书积累到一定阶段就让我有了写点什么的冲动，加之笔力一直是行业要求，写点什么成为基于内心和外因的一致要求。于是，看到身边的感人事、不平事，我总有一种想把它们记录下来的冲动。然而，直到动笔才发现，下笔成文，远非想象中那么简单，所见与文字之间总是失之千里。于是苦恼于自己笔力不逮，不得不放下笔继续阅读。就这样，在提笔和翻书之间，犹如大师笔下爱情故事中的主人公，反复纠缠却无从放手，直到在这样的缠磨之下，终于有一天能写出稍微平顺、略为准确的文字来，才实现了我手写我心的最初转换，才有了一丁点对文字书写的信心，也对继续做一名读者有了更上层楼的渴求。因为在自我开列的书单阅读中，我解决了很多之前我从未面对过的书写问题，那些自我抒发中的视角问题以及更多的眼界、角度和方向问题，可以说，没有读者这样的初始身份，就没有后来作者身份的必然。

在随后的书写中，和大多数热爱码字的人一样，在文字的排列组合、标点符号的挪移运用中，我享受其中，无法自拔。为了保持这样一个爱好，我把家里的电视送了亲戚，进了家门手机也基本不用，不下载任何娱乐软件，非必要不应酬。每年的元旦吃过早饭，一定是进书房泡壶茶、焚根香，静静地梳理上一年度的读书情况，根据上年度的阅读结构调整下一年度的阅读方向，力求自我知识结构的均衡全面。而从下午开始，直到当年的十二月最后一天，则按自己所列的书单一本一本老老实实往下读，该誊抄的誊抄，该背诵的时候利用洗漱时间背诵，严格按照土地带给我的启示——“你如何对待土地，土地也会如何对待你”，这样一个老农民式的朴素道理，严格自我要求。而这样的要求在实践过程中，竟然让我乐此不疲并逐渐上瘾，一日不读，面目可憎。

三年前，我选择去离住地不远的邻县一村庄观察节气，因

为这个地方有着大量依然用来耕种粮食的土地，村庄也保留了传统的关中民居样式，甚至人们的方言也依然纯粹。之后的时间里，不论是刮风下雨，还是飞雪漫天，我都会开车到这个村子里去观察当时节气下的田野、鸟类、树木、河流、塬坡，以及农人的状态，这样的观察持续了两年。当然，在每次去之前，我都会翻阅相关资料，事先做好大量的案头工作，力求在书本的总结和现实的考量之间，进行基于现状的观察求证，从而书写出带有自我风格和痕迹的节气观察文字。每在一个不同的节气踏上那片我去了数次的土地，我都会像第一次去一样，激动、兴奋、新鲜、好奇，天地在我的面前总是展开一幅全新的画卷等待我去探勘、去发现，而我也总是以一颗赤子之心去感受、去观察这些微的变化、丝缕的不同。尤其看到活泼的鸟雀、机警的野兔、翩飞的蝴蝶、朴实的农人，带给我的兴奋和幸福远远大于任何一次外出宴饮、领受荣誉。每当灵感来临的时候，我总是蹴在地头，不管天气如何，拿出手机飞快记录，生怕那些天地精灵给予我的暗示、明示转瞬即逝。我经常是晨起去地里，太阳西斜才返回，或者下班后去地里，天黑透才返回，哪怕蹲得两腿发麻半天缓不过来，哪怕是衣服被雨淋湿，却总是乐此不疲。甚至一到节气兼节日的日子，家里人打电话喊我吃饭，第一句话往往就是：“你这会儿是不是又趴在地上数麦叶子有几片？”

这样实地得来的文字，我总是很珍视。按我个人的规矩，文字不放几天再修改七遍，一般不会投递出去。投递的稿子，除去约稿，从不发给编辑个人，尽管由于投稿次数多了，也有了编辑的联系方式，但是我总是坚持自己的原则：爱惜羽毛，不扰他人。也从不催问稿件发了没有，什么时候发。尽管这个过程很艰难，也很难熬——曾经有一年半的时间里，我投出去的稿件几乎全军覆没，没有一篇刊发，但我依然坚持给几个我喜欢的杂志和公众号投稿，直到发出第一篇稿子。当然，我也从不考虑用手中的笔和文字去谋求什么或者索取什么，因为我视这些文字为我的孩子——谁会用自己的亲骨肉去谋取功名利禄？这或许也是一种坚持。

就这样，在这个十年，我从读者转变成了作者。读者加作者的双重身份，将是下一个十年，甚至是我生命终点的主要身份。

尽管读者和作者仅一字之差，可只有我知道这十年，读者到作者的转变、叠加，这一个字的变化带给我的力量、纯粹和改变。

2022 年 9 月 10 日（中秋）